苒倾叶 著

新世界出版社
NEW WORLD PRESS

图书在版编目(CIP)数据

翻转吧！罗密欧大人 / 苒倾叶著. —北京：新世界出版社，2011.9
ISBN 978-7-5104-2187-7

Ⅰ. ①翻… Ⅱ. ①苒… Ⅲ. ①长篇小说－中国－当代
Ⅳ. ①I247.5

中国版本图书馆 CIP 数据核字(2011)第195137号

翻转吧！罗密欧大人

作　　者：苒倾叶
责任编辑：董晓琼
责任印制：李一鸣　黄厚清
出版发行：新世界出版社
社　　址：北京市西城区百万庄大街 24 号(100037)
发行部：(010)6899 5968　(010)6899 8733(传真)
总编室：(010)6899 5424　(010)6832 6679(传真)
http://www.nwp.cn
http://www.newworld-press.com
版权部：+8610 6899 6306
版权部电子信箱：frank@nwp.com.cn
印　　刷：三河市文昌印刷装订厂
经　　销：新华书店
开　　本：660×960　1/16
字　　数：205 千字　印张：13
版　　次：2011 年 10 月第 1 版　2011 年 10 月第 1 次印刷
书　　号：ISBN 978-7-5104-2187-7
定　　价：25.00 元

目 录

CONTENTS

Chapter 01

都是雨天惹的祸

One

“肖韶炎，你给我站住。”夏默然扯着嗓子叫着走在她前面的那个男生。

其实走在前面的有两个男生，到底哪个是肖韶炎，连她自己都不知道，没办法，谁叫她没有真正见过他呢。当然这样大叫也不是没有理由的，特此声明，她绝对不是从精神病医院出来的人。至于为什么，待会再告诉你，眼下她还有更重要的事。

只是走在前面的那两个男生似乎没有要停下来的打算，夏默然有刹那的恍惚，难道是她又叫错人了？

怎么可能，虽然她不认识那个肖韶炎，但是刚刚她可是一路问过无数个同学。大家一致回答："肖韶炎呀，我刚刚看见他从我身边经过，应该在前面吧。"

“肖韶炎，在前面呀。”

“肖韶炎呀，在……”

“……”

夏默然在来之前其实也考虑过，偌大的一个学校要找到一个人是多么不容易，虽然说她知道他所在的班级，但是当她去肖韶炎的班级得知这人已经走了的时候，她已经不抱任何希望了，想着还是明天再来守株待兔好了，可没想到她只是有些不甘心地随意抓了个同学问了一下，就得到了这样的消息，这能不让她高兴吗？

夏默然想着难道今天是她人品爆发日？这么容易就得到了消息。她本

想验证一下，没想到接下来每一个人的回答让她意识到一件事情，不是她人品爆发了，而是这个叫肖韶炎的实在是在这学校太出名了，出名到好像这学校的每一个人都认识他，连清洁工大婶也知道。

因此，当某个同学指着前面两个男生的其中一个的背影告诉她，“前面那个不就是肖韶炎吗”的时候，她真的是一点怀疑的倾向都没有了。

夏默然咬着下嘴唇想着，这肖韶炎不仅眼睛不行，还耳背！

想也不想，夏默然径直跑到了前面，挡在了两人面前。

抬眼，霎时，韶华流光——

夏默然终于知道为何这学校的人都认识肖韶炎！眼前的这两人，真的能用貌比潘安来形容。

左边的那位，一头细碎的有些金黄色的头发，如同大海般通透闪亮的蓝眸在微长的刘海儿下若隐若现，高挺的鼻梁下两片薄唇微微上扬，如玉白皙的脸颊上若隐若现地闪着两个小酒窝，笑起来让人如沐春风。他穿着一件简单得不能再简单的白色短袖衬衫，一条浅灰色的说不出是什么料子的长裤，脚上穿着一双板鞋，如此简单的装束反而把他的身材衬托得修长好看。

夏默然望着眼前这个一脸温文尔雅的男子，不禁呆了又呆。这不就是传说中的王子么，而且看那眼睛的颜色还是个混血儿。

“喂！你这个花痴到底看够了没？”突然一个噪耳的声音传来，把原本还算不错的气氛一下子就给打破了。

夏默然不自觉地蹙眉，转眼朝声音的方向看去。

上上下下地仔细打量了他一番，这人有一头浓密的短发，拥有一张仿佛精雕细琢般的脸颊，浓密的黑色眉毛，却没有让人觉得哪里不对，很是好看。浓眉下面是一对如同黑曜石般的黑眸，英挺的鼻子下有一张漂亮的薄唇。这让夏默然突然想到，如果他的唇角微微上扬的话，那笑绝对可与星光攀比。他穿着一件黑色烫金的衬衫，衬衫上隐约能看见几朵花瓣的图案，让人怎么看都觉得他浑身散发着一种非凡贵气。他的下身穿着一条形状怪异的五分短裤，脚上穿着一双灰色的凉鞋，至于那鞋子是什么牌子的哪一款夏默然是真的不知道。她本身就是个穷人，那些个名牌她没有几个认识的。没办法，像她这种连生活费都得靠自己打工挣的人，名牌的世界离她太过遥远。

甩甩头，夏默然甩掉那些杂乱的想法，现下对她最重要的是拿回她的箱子。抬头间，她的视线落在了男生的小指上，那里戴着一枚戒指，戒指上的花纹很繁琐却很漂亮，那个戒指夏默然曾经在首饰店打工时看到过，少说也要几万块的样子。真是奢侈呀，这学校果然是贵族待的地方。

"欧阳，走啦，这种花痴女生有什么好看的。"那男生仰着头，双手插在裤兜里，一副很拽的样子。

夏默然正在感慨之际，就听见男生那拽拽的满含不屑的一句话，她又抬起头看向那位穿白衬衫的男生，原来他叫欧阳，倒是蛮适合他的。但是，这跟她有什么关系呢！

转头，她看向那个一脸不屑正大步朝前走的男生。

"肖韶炎，你给我站住！"夏默然的声音又抬高了一个分贝。

"干吗？我好像不认识你。要递情书的话就算了，你——我还看不上。"肖韶炎站定，懒散地回过头来，眯着眼睛打量着夏默然，一边看一边直摇头。末了还不忘评论一句："长得真难看。"

夏默然张了张嘴，有些哭笑不得，她长得好不好看，关他什么事。再说像他这样虽然长得人模人样，品味却差成这样的，打包送给她，她还懒得伸手接呢。

"□，女人你那是什么眼神?"肖韶炎瞪着眼睛看着夏默然。

"你管我什么眼神，你以为谁喜欢看你呀，自恋。还有，把我的箱子还给我。"夏默然把手伸到肖韶炎面前。

肖韶炎两眼直直地望着夏默然，他的双手依旧插在裤兜里。几秒钟后，他突然弯下身子，把脸凑到夏默然的面前。

眼前突然放大的脸让夏默然下意识地后退一步，那 0.01 米的距离着实让人觉得有压迫感。

"这是你新研究出的追求我的方法吗？还不错，至少我记住了你，但是吧，就是长得差了点。”肖韶炎轻轻拍了拍夏默然的肩膀，便径直从她身边走过。

夏默然努力地压住自己胸口的怒火，她在心里拼命地告诉自己冷静，她是来拿回箱子的，不是来吵架的。

夏默然深呼吸几下，让自己的情绪放平和，然后才迈开脚步，三步并作两步地跑到肖韶炎的面前：“这位同学，我觉得我有必要声明一下。”说完夏默然便抬起自己的手，竖着一根手指在肖韶炎的面前，“第一，我们今天才第一次见面，在这之前你肖韶炎是谁我半点也不知道，当然我也没有兴趣想知道，就更没有喜欢一说。第二，我来找你只是为了要拿回我的箱子，况且这样乌龙的事本身就是你自己造成的，所以你要负全责。”说到第二点的时候她又伸出第二根手指。

“你是说我要对你负责？”肖韶炎用手指指着夏默然，眼里有着丝丝的惊讶和不明所以。

夏默然却以为肖韶炎终于记起了自己所犯的错误，便很郑重其事地点了头，“是。”

“□，欧阳你说我是不是遇见疯子了，我到现在可还是清清白白什么都没做过，竟然会有女生找我负责。”肖韶炎转头看着一旁的欧阳，他虽是对着欧阳说话，但是手掌却毫不犹豫地朝着夏默然的额头探去。

“不对呀，明明没发烧呀。”肖韶炎一边自言自语，一边放下自己的手，半晌后像是突然想起了什么，瞪着眼睛看着夏默然。

“□，你这女生，倒追人的手法也太差了点吧，我是智障呀要对你负责。”说完看也懒得再看夏默然一眼，拉着身边的欧阳就往前走，一边走还不忘一边对欧阳发表自己的看法。

“我的天！欧阳，我们学校竟然有这样的女生，简直就是神经病，喜欢我也不用到这种地步吧，难道我又变帅了？”

这个声音越来越远，等夏默然回过神来的时候，那两人已经走远了，只能隐约看见前方两个矫健的身影。

“肖韶炎，你这个白痴，脑袋里都在想些什么乱七八糟的事呀？”夏默然双手握拳，气得脸色通红。连箱子的事情都在这一瞬间被抛在了脑后，现在她的脑子里只浮现出肖韶炎一脸惊讶地说着自己到现在还清清白白的话。

夏默然真的很想知道，这关清清白白什么事情，她真的很想剖开肖韶炎的大脑，看看那里面装的东西是不是和常人的构造不太一样。

这理解能力也太天马行空了一点，夏默然突然有种意识，他们两人绝对不是一个档次的。

Two

时光退回到四天前——

本来万里无云的天空突然下起瓢泼大雨来，夏默然抬起手在车窗上画着圈圈，望着窗外那串成珠子的大雨，忍不住小声低咒。

"这都什么鬼天气呀，明明我走的时候木村那边还是艳阳高照，怎么这会儿大巴都快到市区了，却突然下起雨来了。老天呀，你为什么不等我到家了你再下呢?"

夏默然一边瞪着窗外的雨，一边在心里祈祷着这雨快点停下来。夏天的雷阵雨一般是下不长的，可天不从人愿，在大巴到达车站后这雨不仅没小，反而有越下越大的趋势了。

由于坐在最后一排，夏默然很乖巧地等前面的乘客都下了车自己才缓慢地站起身来。她是全车最后一个下车的人，当然也是最后一个去拿行李的。

可是，等夏默然望着那空荡荡的储备架的时候，她真的有些欲哭无泪。不，确切地说那里不是空荡荡的，那里至少还躺着一个米黄色的皮质行李箱，很是大气漂亮。不过这一刻她完全没有欣赏这个皮箱的兴致，只因为她自己的那个黑色的简单行李箱竟然不翼而飞了!

这让原本就讨厌雨天的夏默然呆傻地张着嘴在雨里伫立了许久，她的眼神一刻也没有离开大巴车的储备架，像是要把那里瞪穿一样。

"喂，小姑娘，你到底拿不拿你的箱子呀？我要开车进站了，你快点，

这雨下得大呢。”司机师傅从窗户边伸出脖子直嚷嚷。

夏默然这才抬起头，一脸无助地望着司机说：“大叔，这不是我的行李箱，我的行李箱不见了，可能刚才匆忙间被人拿错了。”

这话让司机大叔也跟着错愕了两秒。

“要不，你把那行李箱拿着，到保卫处登记一下，或许那人会到车站换回来呢。你赶快去吧，这雨下得大，我也要收班了。”

夏默然张了张嘴，却没说出一句话。她弯腰把那米黄色的行李箱拿出来，看了又看才决定去保卫处登记一下。

昨天傍晚，当夏默然从浴室出来时，发现外面又下起了小雨，这雨比起三天前的那场雨要小得多。一想到这儿，夏默然的视线便不由自主地落在了墙角边的位置，那个米黄色的皮箱正安静地躺在那里。

四天前夏默然在车站保卫处简单地登记了一下就被打发走了，这几天她二十四小时都开着手机，就是为了不错过任何一个可能会是皮箱主人打来的电话。可是事实上这三天除了一条系统短信以外，她的手机连一点震动的趋势都没有。如果不是还有那条短信，她真的怀疑自己的手机其实已经坏了。

夏默然真的想不通，两个天南地北相差甚远的箱子怎么还会有人能拿错。她想拿错她箱子的那个人要么是眼睛有疾病，要么就是视力不行。要是在平时自己无故赚了这样一个箱子，她一定高兴得仰天大笑，可是现在她却一点也笑不出来，因为她把自己这辈子最珍贵的两样东西——“项链”和“照片”都放在了箱子里。

她唯一珍惜的东西就是奶奶留给她的一张全家福照片和一条项链。奶奶说那条项链是她妈妈留下来的，小时候奶奶常常搂着她说那条项链有魔法，它一定会指引她找到自己的王子，因为奶奶和爷爷，还有她的爸爸和妈妈都是因为这条项链才认识的。自从那个夏天奶奶去世后，那就是她最珍贵的东西，在她的心里那仅仅是一条项链，象征着她所有幸福的项链，而奶奶所说的魔法她半点也没放在心上。夏默然把奶奶说的魔法当做是小

时候奶奶曾经给她讲的童话故事，成为孤儿的这三年里她一直半工半读，早已经不再相信任何童话故事了。

其实平时她都是把项链戴在脖子上的，只是那天洗澡的时候顺手把项链夹在了笔记本里，放进箱子，没想到第二天就被别人拿走了。

最终夏默然还是决定不再等待，既然那个人不来找她，那她就只好想办法去找他了。夏默然蹲在这个米黄色的皮箱前研究着上面的密码锁，可已经试了几十种数字组合了，都没能打开箱子。

夏默然瞪着那紧闭的暗黄色拉链，突然灵机一动。她起身到桌上拿了把剪刀过来，轻松地挑开了一两颗拉链的金属齿，让拉链成滑丝状，这样既没有弄坏箱子，又达到了自己的目的。就算那人来找她也不会知道这箱子曾经被她打开过，夏默然很想夸奖一下自己，真是太聪明了。

只是，这箱子一打开，夏默然的额头便冒出一排的黑线，因为这箱子里只装着两件衬衫和一条破烂的牛仔裤，尤其这衬衫的花色和牛仔裤的造型——

夏默然看了半天才从嘴里惊爆出一句话来："我的天，这人的品味还真是不敢让人恭维，真的是太'独特'了。"

这个箱子外表很华丽，但是里面的内容实在是太少了，翻来覆去也就这么两件衣服。难道真的是天要亡她？

正当夏默然临近绝望的时候，却在那条裤子里翻到了一张纸条。

那是南翱高中图书馆的临时借书条，上面的名字是——肖韶炎，高二五班。

"南翱高中。"夏默然小声地念着这个名字，它可是本市最有名的贵族学校。

"看来，得先去南翱高中走一走了！"夏默然站起身来走到窗边，外面的雨还在淅淅沥沥地下着，她的眉头不自觉地皱成了一团。

"还真是不喜欢雨天呢！"

就因为有以上这一系列的事情，才会发生今天早上那样的乌龙事件。那

个叫肖韶炎的家伙，真的是气死她了，但是不管怎么说箱子她是一定要拿回来的。

Three

这一次夏默然提前一个小时离校，就是为了去南翱高中堵肖韶炎。不过事情通常都有意外的时候，比如现在。

“什么，你是说肖韶炎上完第二节课就走了?”像是不确定般，夏默然激动地抓着高二五班某同学的衣袖，瞪大眼睛看着人家。

“对、对呀，他是已经走了一个多小时了。”那位同学显然是不知道眼前的女生为何这样激动，激动到让他觉得有些恐怖。

“同学，你可以先放开我吗?”被夏默然抓着的男生小心翼翼地开口，一边说还不忘一边偷瞄夏默然的表情。

“噢!”夏默然这才回过神来，急忙松开拽着男生衣袖的手，“对……对不起哦。”这一放开，才发现那男生的衣早已被她给抓皱了。因此她赶紧伸手给那男生拍拍，企图把衣给拍回原本整洁的样子。

“没……没关系，我……我要回家了。”那男生结巴地说了一句，便低着头急匆匆地从夏默然身旁走了出去。

“喂，你还没有告诉我肖韶炎在哪里?”夏默然朝着那急匆匆的身影大声地问了一句。

当然，除了那个男生瞬间加快的步伐外，她什么也没有听到。

“不用走得这么急吧，我又不会吃人。”看着那匆匆离去的背影，夏默然小声地嘟囔了一句。

夏默然无聊地走在大街上，一边走一边踢着脚下的石子。今天的她真是倒霉透顶了，没有堵到肖韶炎不说，还浪费了她打工的时间。

正在胡思乱想之际，突然一个有点儿熟悉的声音传进她的耳里。

“怜菡，要不咱们去游乐场玩?”

“我又不是小孩子，不想去啦。”

“那，我陪你去吃冰淇凌?”

“不要，我不想吃。”

“那你想要干吗?”

“你是男生耶，自己不会想呀。”

“那……”男生的声音拖得很长，终究还是没有说出什么来。

“扑哧”一声，夏默然笑了起来。她转过头朝着那方向看去，不是因为他们的对话有多好笑，而是觉得这样宠女孩子的男生只有在电视剧里才能见到，没想到还有机会让她亲眼看见。

当眼神定住的那一刻，夏默然只觉得老天跟她开了一个很大的玩笑，或者说这个世界本身就很可笑。

那个男生，那个刚才那么温柔对女孩子说话的男生，那个像是不知如何是好踟蹰不前的憨厚男生，怎么可能会是眼前所看见的这个人，怎么可能会是肖韶炎!

夏默然站在原地发愣，半晌没回过神来。她看见那个女孩子不知道对肖韶炎说了什么后气冲冲地转身要走。她看见肖韶炎慌乱地抓着女孩子的手，嘴唇在不停地动着，只是他说了什么，夏默然一句也没有听清。

然后她看见女孩子不为所动地走了，而肖韶炎则蹙着双眉站在原地。过了几分钟，他突然转过眼与她四目相对……

“喂，你看够了没?”

夏默然被这突如其来洪亮的声音吓了一跳，那已不知道飘到了何处的思绪也逐渐地回过神来。

抬眼望着眼前一脸菜色的肖韶炎，这才发现不知道什么时候他已经走到了她的眼前。夏默然下意识地后退一步，尽量保持安全距离。

“你……干吗?”夏默然很不解，自己怎么突然间对眼前的这个人有种惧怕的感觉。这一认知刚刚到达她的脑海便吓了她一大跳，于是她急忙甩甩头。

“刚才，你都看见了?”肖韶炎慢慢地小步上前，明明他的声音很平淡，可夏默然全身上下就是有一种不安的感觉。

“看见了，你们站在马路中间不就是让人看的嘛。”夏默然一边说一边

小步地后退，一边退一边对肖韶炎嚷着，“喂，你说话就好好说话嘛，干吗一直上前?”

夏默然的话音才落便发现自己已经退无可退，没办法，谁叫自己后退也不先看看后面有没有退路呢？现在好了，直接退到了一棵大树底下。夏默然的整个后背抵着大树树干，而眼前的肖韶炎和自己的距离却只能用厘米计算了。

逃跑不成那就只有口舌相争了，等等——什么叫逃跑，怎么可能是逃跑呢？她又没有做错什么事。想到这儿，夏默然突然一下子就来劲了，也不躲躲闪闪了，直接直起了身子，睁大眼睛瞪着肖韶炎。

果然不出所料，夏默然的身子一下子上前，倒叫肖韶炎自己往后退了两步。对于这一现象，夏默然很是满意。小样。她拿眼神斜视了肖韶炎一眼，能让她吃瘪、惧怕的人现在都还没出世呢！

“喂，你还是不是个女生呀，这么粗俗。”肖韶炎站直，死命地瞪着夏默然直嚷嚷。

夏默然有些哭笑不得，她哪里不像女生了，她不过就是不惧怕他而已。她从上到下，从前到后哪一点不像女生了？

“我是不是女生关你什么事，自大的沙文猪。”突然之间先前的那种压迫感一下子就消失了般，夏默然一脸轻松地斜靠在树干上，拿眼瞅着面前的这个男生。

“你这个死丫头，你说谁呢?!”肖韶炎一脸的气急败坏，他双唇紧抿，瞳孔放大，一看就是生气的前兆。

“我说的是一头猪，关你什么事。”夏默然眯着眼睛，左唇角微扬，她的声音很清澈，如果不是肖韶炎此刻正在气头上，他一定会感觉到这一点，这个男生可是个十足的感官动物。

“你明明说的就是我。”肖韶炎抬起手指指向自己。

“我又没有提名点姓，如果你硬要承认那是你，我也无所谓，反正你是不是猪跟我一点关系都没有。”夏默然越说越轻快，她发现原来逗一个人要比想象中好玩得多，尤其是这种一点就着的人。

“你……”肖韶炎的手指愤愤地抬起指着夏默然，眼中的怒火大得像是要把眼前的人烧掉。这瞬间的变化让夏默然连害怕都忘了，她只能这样发愣地站在原地，睁大眼睛看着他下一步的动作。

只是，顷刻间，峰回路转。

肖韶炎的唇角莫明扬起一抹微笑，他缓慢地放下自己的手，倾身靠近夏默然。

他的唇形很漂亮！这是此刻夏默然脑子里闪过的唯一一条信息，只是老天，都什么时候了，她竟然还有心情欣赏他的唇形。要怪也只能怪面前的这个人呀，谁叫这小子突然靠她这么近，而她的目光也就刚好定在了他的唇上。

“怎么办？我突然想到更好玩的事情了！”肖韶炎在她的耳边低语，那声音明明没有什么温度，却让夏默然的耳朵瞬间烧了起来，火烧火燎地疼。

“我们还真不是一个星球的耶！”夏默然小声地低语，她一边揉着自己的耳朵，一边望着肖韶炎远去的身影。

“谁能告诉我他那最后一句话到底是什么意思呀？真是要疯了，我的箱子呀！”夏默然的手“啪”的一声重重地拍上了自己的额头，此刻的她郁闷得想要尖叫。老天，为什么她老是忘记正事！

Four

之后的两天夏默然并没有出现在肖韶炎的面前，不是她已经忘了自己箱子的事情，而是她终于体会到一句话的深意：“人倒霉了，喝水也会塞牙缝。”

她不过就是为了自己的事情旷工了一小会儿的，不对，不是旷工，准确地说应该只是迟到了而已，老板就那么不通情理地把她给开除了。还说什么她没有团队精神，没有职业操守。

郁闷得她想破口大骂！她不过就是晚去了一小会儿嘛，这事情在职的员工可是经常干的，那时候老板怎么没开除别人，偏偏就让她给赶上了，

虽然她听说她旷工的那一段时间刚好店里忙得不可开交，又来了什么大客户。但是好歹她干了那么久也才旷了小半天而已，怎么说也应该先来个批评警告什么的，哪能一来就直接把员工给开除了的，直接三级跳了，当然，这三级是往坏的方面而已。

夏默然越想越气愤，但她一个小小的高中生，脾气是有，就是力量小了点，也不能有什么越级反应，只能摸摸鼻子自认倒霉了。

不过有一点她是知道的，工作丢了没关系，此处不留姐自有留姐处，薪水可不能不要。于是这两天她除了上课外，就在和前老板纠结薪水这个问题，老板因一件事指代她以往的所有工作，硬是给她的薪水扣去了一半。这点她自然不服，对于所有经济来源都靠这薪水的她来说，那无疑是重中之重的大事。因此为了要回自己的薪水，她和老板周旋了两天，也把找箱子这事给耽搁了。

这天夏默然依旧来找肖韶炎，只是让她意外的是肖韶炎那小子竟然乖乖地就站在校门口。他的双手插在裤兜里，长长的刘海儿在微风中轻摆，他斜靠在墙角，样子有些慵懒，冷峻的脸上没有半点笑容。尽管这样却并不损害他的气质，反而更加吸引人起来，引来离校的学生频频注视。

“他是在等人吧！”夏默然想。

不管怎么样，能在这里遇见他，对她来说完全是件好事。她提步向他走去，刚走两步就发现他正转过头看向她这边。

他咧嘴，唇角有点微微的弧度，煞是好看。他说：“你来了。”

夏默然的脚步顿时停了一下，她想他肯定不是在跟自己说话，只是他的目光刚好看向这边，可能是她身后的人。她便下意识地想回头去看看，就听见那个傲慢的声音，“说你呢，我都等你两天了。”

夏默然张张嘴，有些微愣，她抬手指了指自己，一脸错愕。

“说的就是你。”肖韶炎走到了她的面前，抬手在夏默然的头上敲了敲。

如果刚才夏默然还怀疑，那么现在她是彻底地相信了，这肖韶炎今儿个是吃错药了吧！她可是很清楚地记得她跟他其实连认识都算不上的，怎

么这会儿他却一脸和自己很相熟的样子。

“那个，你……”看着高出自己一个脑袋的肖韶炎，夏默然第一次结巴了。尽管有些摸不着头脑，但她还是猜测着肖韶炎可能出现的所有症状，发烧？脑子糊涂了？天下暴雨了？被雷劈了？中邪了？……

在一长串的分析联想之后，她觉得唯一靠谱的结论就是，眼前的这个小子想起自己拿错箱子的事了，所以才会出现在这里等她，目的是为了要还她箱子！

一想到这儿，夏默然乐了。只是一乐，她开始发觉哪里不对。她抬头看着肖韶炎，发现他的面部表情根本就没有什么大的变化，甚至连动作都是一直保持未变。

夏默然环视了一眼四周，猛地发现哪里不对了。原本放学路过校门口的同学频频侧目是为了看肖韶炎，而现在她跟肖韶炎站在了一起，因此自己也成为了众人频频侧目的对象，而这侧目的人数还在成倍增长。

“要不，咱们换个地方说？”夏默然见肖韶炎没有进一步的动作，只好自己硬着头皮先开了口。

“嗯哼。”肖韶炎发出个鼻音，转身，率先走了。

夏默然望着他的背影，撇撇嘴，老不高兴地跟了上去。

夏默然跟着肖韶炎走了很长的一段路，走到再也看不见其他的同学，她这才抬头看着前面还在一直向前走的肖韶炎，终于还是忍不住先开了口。

“喂，这是要去哪儿呀，你不是要还我箱子吗？”

肖韶炎终于停了下来，他稍转过头，眼里满是不耐烦，“跟我走就知道了呀，快点啦，腿那么短。”

“喂，你说谁呢？我一米六五好不好，哪里短了，告诉你我这在女生中还算高的了。我们班还有一米四九的呢。”夏默然不满，冲着肖韶炎直嚷嚷，嘴上虽这样说，但是却加快了步伐跟了上去。

夏默然无聊，想要跟肖韶炎说点什么，但是才抬头，看着肖韶炎散发出的那生冷的感觉，她要出口的话又被硬生生地咽了回去。百无聊赖，她只得低着头，踩着他的影子玩。

“砰！”夏默然哎哟一声揉着自己的额头，抬头便看见肖韶炎正看着自己。

“你要停不会先通知我一声吗？”

“是你自己走路不长眼睛。”肖韶炎的声音有些轻佻，抬手弹了弹衣袖，仿佛那上面有灰尘似的。

“走吧，进去了。”肖韶炎说完，便头也不回地走进一扇门。

夏默然抬头，那漂亮的招牌让她忍不住蹙了蹙眉。

“蓝天俱乐部”，这个名字怎么看也跟她的箱子扯不上关系。夏默然本想叫住肖韶炎问问，却发现肖韶炎早已经走了进去，无奈之下她也只能跟了进去。不管怎么说，来都来了，怎么着也得把箱子拿回来吧。

这个俱乐部很大，很宽敞，很明亮，很壮观——这是夏默然进去后的所有意识，也许太过华丽，所以她找不到更贴切的词来形容。反正不管怎么样，这很显然不是属于她的世界。

夏默然环视了四周，好不容易在一个角落里找到了肖韶炎的身影，他的身边还站着几个人，有男有女，其中一个夏默然也认识。不，确切地说应该是有一面之缘，那个气质绝佳的如同王子般的少年。

那个男生似乎还记得她。夏默然刚走过去便看见那男生走上前来，一脸柔和地笑着跟她打招呼，他说：“嗨，我们又见面了，还记得我吗？”

夏默然连忙上前点头问好。

“上次忘了介绍，我叫欧阳瑞卿，很高兴再次见到你。”他朝她伸手，笑得如沐春风。

“我是夏默然。”

夏默然的声音刚落，那边一个冷冽的声音就传了过来，“喂，我可不是让你来认朋友的，真没看出来原来你也有淑女的时候。”

夏默然翻翻白眼，她淑女不淑女关他什么事，“你到底叫我来这里干吗？快点把我的箱子还给我。”

“你急什么，过来。”肖韶炎伸手把夏默然拽到了身边。

“韶炎，你的眼光什么时候变得这么差了！”旁边一位穿着粉色洋装的女孩子上上下下地打量了一眼夏默然，那眼光十足的轻蔑。

“就是呀，不会是被怜菡刺激了吧。”站在粉色长裙女孩身旁的一位身穿鹅黄色洋装的女孩子附和着，一边眼神转向门口，在那里刚好出现一个身穿淡紫色长裙的女孩子，她的头发很长，大卷的波浪式发型别有一番风味。她的眼睛很大，标准的鹅蛋脸上肌肤白里透红，她的唇角轻抿，似是有些责怪地开口。

“你们怎么老爱把事情往我身上扯。”

她的声音很好听，夏默然直直地望着那个女孩子，瞳孔也微微地放大了。这个女孩子不是那天傍晚夏默然看见的女孩子么，那个在路上同肖韶炎闹得转身离开的女孩子。

夏默然皱皱眉，想着还是把肖韶炎拉到一边，把箱子的事情解决了再说，这事还是速战速决的好，这里怎么看都是她不该多待的地方。

夏默然刚想伸手去扯肖韶炎的衣袖，便见一人已走到了她的身旁。不，确切地说是走到了肖韶炎的身旁，她软软的声音让女孩子都有种骨头酸麻的感觉。

“韶炎，这位是，不用给我介绍一下吗？”

“一个无关紧要的人。”肖韶炎的声音像往常一样冰凉冰凉的。尽管这样夏默然还是听出来了丝丝的不同，至少她可以肯定这个冰凉跟同她说话时的冰凉是完全不一样的，没有那么彻骨。

颜怜菡看了一眼夏默然没有再说什么，自顾自地同其他人打招呼去了。

在颜怜菡的带领下大伙都一下散开了，三五成群地各聊各的，一瞬间夏默然就被晾在了一边。

对于这样的情况，夏默然也不是很在意，反正这些人以后也不会再见了，她也没有要跟人家打成一片的必要。眼下，只要拿回箱子那便万事大吉了。

夏默然看了看正和一人结束谈话而向颜怜菡走去的肖韶炎。想也没想，便快速地急步上前拉住了肖韶炎的衣角。

而此时颜怜菡也正好看见了朝她走去的肖韶炎，笑着开了口。

“韶炎，我正好有话要跟你说。”

“我的箱子呢?”

两个声音同时响起，眼疾手快的夏默然此刻正好死不死地站在了肖韶炎与颜怜菡之间。原本还泛着丝丝笑意的肖韶炎脸色瞬间黑了下来，他低头，看着那个挡在面前比自己矮一个脑袋的夏默然。

“让开。”

如果是平日，夏默然一定绕道而走，有多远走多远，只因为这声音不仅暴怒还冰冷。不过她这人有些怪，只要目标坚定，一切的外在因素她都会忽略掉，刀山火海她也不惧怕。

“你以为我喜欢挡着你呀，只要你把箱子还我，我立马走开。”夏默然抬头，拿眼瞪着肖韶炎，输人不输阵。

肖韶炎眯着眼，低头靠近了夏默然一点点，唇角扯过一丝冷笑，“我该怎么说你呢，你到底有没有脑子呀，箱子怎么可能会在这种地方。”

“那你为什么带我来这里?”肖韶炎的话令夏默然很不满。

“为什么呀?”肖韶炎抬起头一副冥思苦想的样子，没几秒又低下了头看向夏默然，“我只是想看看乡巴佬进城的样子。让我想想，这里有这么多好玩的，应该要让你玩玩什么呢？好久没有乐趣了，偶尔看看耍猴戏也不错。”

“你……”夏默然的眉头越来越紧，两只眼珠却瞪得老大，敢情这肖韶炎今天就是来羞辱她的。她正要毫不示弱地顶回去，便被一个娇柔的声音给打断了。

“韶炎，你怎么能把话说得这么难听呢，你让这位小姐如何自处……”

“你给我闭嘴。”夏默然想也没想地转头打断了身后的声音。

这一声立刻把肖韶炎给惹火了，看着一脸委屈的颜怜菡，肖韶炎真的有掐死面前这个女生的心。该死的，竟然敢那样朝着怜菡大吼。

“你没有家教吗？你的父母都死完了吗？没人教过你礼貌吗？果然是乡巴佬，就会乱吼乱叫，上不了台面……”

“你父母才死完了，你全家都死完了，我有没有家教关你什么事，我再没家教也比你好。你以为你是谁，你以为我喜欢待在这里，像你这种米虫，只会吃喝玩乐的富家公子你有什么资格说我？你知道孔孟是谁吗？你分得清韭菜和小麦苗吗？你知道你吃的那些东西是怎么来的吗？”夏默然的声音回荡在俱乐部里。

原本还吵闹的俱乐部一瞬间安静了下来，所有人的目光都集中在这两人身上。

“你……”肖韶炎有些懊恼，如果眼神能杀死人的话夏默然已经不知道死过多少回了，这个伶牙俐齿的女孩。肖韶炎瞪着夏默然突然就笑了，“好，很好，你的箱子别想着再拿回去。”他一边说一边朝着门口的服务员喊，“叫保安，把这个没教养的野丫头给我轰出去。”

于是，夏默然就这样被前来的两个保安给请了出去，一路上那些所谓的贵族少爷小姐们讽刺的笑容让她的眉头蹙成了一团。

好你个肖韶炎，羞辱她也就算了，竟然还骂她全家都死了，虽然她的家人是都去世了，但是轮不到他来那样说，说她没家教是吧，那她倒要看看他们这些所谓的名门望族的家教到底有多好。

夏默然望了眼蓝天俱乐部的大门，肖韶炎咱们的梁子结大了。至于她的箱子、项链她是一定会拿回来的！

转校，永无止境的纠缠

One

夏默然走在南翱高中的校园内，虽然这已经不是她第一次来了。但这次却是她真正用心地走在校园里，欣赏着沿途的风景。尽管一直都知道南翱高中很漂亮，但是每次走过感觉都是那么不一样，一处一景。

夏默然拖着行李箱朝着宿舍走去，其实在南翱高中，住宿的学生并不多。这本身就是一个贵族学院，那些小姐公子的怎么可能让自己委屈在二十几平方米的宿舍里，尽管那宿舍也漂亮得让人咋舌。

夏默然本也不想住校的，但是她原先的房子离学校实在太远，她没有那个心力把时间都浪费在赶车上。因此当校长说她可以住在学校的宿舍，无疑是给了她极大的援助。不用来回地跑，这样就意味着她有足够的时间去校外打工了。

说起南翱高中还有一个极大的好处，就是没有什么门禁，大概也是因为贵族学校的关系，因此对学生的个人要求并不是很严。

夏默然晃晃悠悠地走到宿舍门口，正在掏钥匙之际，门自动打开了。夏默然有些错愕，抬起头才发现门口正站着一个女孩子。她的脸圆圆的有点婴儿肥，眼睛不是很大，笑起来的时候眼睛快要眯在一起了。她的头上包着一条头巾，穿着一件棉质的T恤，上面印着一只可爱的泰迪熊，一条简单的牛仔裤，脚上踩着一双小熊拖鞋。她的右手拿着拖把，正抬头以同样的姿势打量着夏默然。

“你是新来的转校生吧，你好，我叫殷筱筱，你以后的舍友。”那个女生先开了口，友好地向夏默然伸出手来。

夏默然同样笑着把手握了上去，对于这个殷筱筱，夏默然很有好感。同时也在心里庆幸自己的运气实在是很好，遇见了一个可爱的室友。

南翱高中里其实还是有很平常的学生的，虽然只是占着少数部分。但夏默然知道这里面再平常的学生家境都还是过得去的，否则这南翱高中巨额的学费就会让人承受不住。

对于这一点，夏默然第一次感到自己好好学习是对的。她之所以能来南翱高中，归根到底是取决于她全市第一的成绩。

其实早在一年前，南翱高中就已经免去一切学杂费录取了她。只不过那个时候她总觉得自己与这所学校格格不入，她不喜欢这里学生的奢侈生活，不喜欢那些人条件很好却不好好念书。就像她知道那些人不喜欢她的穷困潦倒一样，本不是一个世界的人，认知看法完全不同，所以她宁愿去最普通的高中。如果不是为了拿回项链，为了挫挫肖韶炎的锐气，她一定不会来到这里的。

俗话说得好，既来之则安之。那就让她这棵生命旺盛的野草好好地在这华丽的大花园中生活吧，她一定要让那些可笑的富家公子小姐看看，除了家世她并没有哪里比他们差。

等夏默然回过神来的时候自己已经被殷筱筱给拉进了宿舍里。殷筱筱说：“公寓老师通知我会有新舍友入住，我便一直忙活到现在，那个，这宿舍以前我一个人住可能有些乱。这里面的桌子柜子床也被我搬来搬去的，如果你不喜欢这样的摆设可以随便换的。”殷筱筱一边说一边小心翼翼地看着夏默然的表情。

“不用，这样挺好的。”夏默然看着殷筱筱的表情觉得这个舍友应该很好相处。

夏默然的行李不多，简简单单地收拾了一下便坐在椅子上无所事事起来。

“默然，要不我带你去学校转转吧，我跟你说我们学校有一片很漂亮的人工湖噢。”殷筱筱笑眯着眼站在夏默然的身边。

望着一脸诚意的殷筱筱，夏默然也不好拒绝，便站起身来点头答应了。也罢，筱筱可是她来这里的第一个朋友，出去转转熟悉一下环境也好。

夏默然同殷筱筱闲散地在学校里转着，夏默然才发现这所学校比她认知的还要大，简直就不像一所高中。学校里的人很多，形形色色的，倒是和别的学校一样，要说不一样的地方，那便是这学校的道路很宽敞，宽敞到时不时地有顶级轿车、敞篷跑车从她身边呼啸而过，还有重型机车，当然也有人骑着自行车从她身边经过。

刚开始第一辆车从夏默然身边经过的时候还吓了她一大跳，可这事没到五分钟她便已经习惯了。以前在学校的时候夏默然是一个走路不会看路的人，就算起初是走的路边，但是走着走着便会走到路中央去。以前她还不会觉得这是什么可怕的事，现在她却不敢那样认为了。短短的五分钟她的眉纠结得像是要滴出水来，她意识到她是真的来到了一个不属于她的地方，看来还有很多的事情要去学着习惯。首先第一件事便是走路一定要走路边，不能再晃悠到道路中间去。

当夏默然和殷筱筱到达人工湖的时候已经是半个小时之后的事了。

“怎么样，漂亮吧？”殷筱筱站在桥上，双手抓着桥上的护栏侧过头问身边的夏默然。

“嗯，很漂亮。”夏默然也双手抓着护栏，只是此刻的她没有在眺望湖面，而是转身背靠着护栏扬起头望着那用白色钢筋铸造得很有特色的建筑，在桥的两边，特别有美感。

“那上面其实安装了很多灯，晚上的时候所有的灯都会打开，照亮了整座桥也照亮了湖面，漂亮极了。”殷筱筱的声音在耳边回荡。

“设计这座桥的人一定是个很厉害的桥梁专家。”夏默然仰头打量着头顶那参差不齐、造型特异的图案和形状，明明就是一些简单的钢筋铸就的，可为何就是让人越看越觉得有味呢。

“听说这桥是肖韶炎的哥哥肖桠炎设计的。”

“啊！”夏默然一脸的讶异，不是吧，那个家伙的哥哥，怎么两兄弟差这么远呢！

“呵呵，你可能刚来学校还不知道肖韶炎是谁吧。他呀，是晖宏集团的二少爷，很厉害的一个人，就是脾气有时候坏了点。”殷筱筱念念叨叨地说着。

听得一旁的夏默然不耐烦地翻着白眼，心想筱筱还真是抬举了那肖韶炎，他哪里是有时候脾气坏了点，他明明就是脾气无时无刻都坏到了极点，嘴巴缺德不说还拽得要死，活脱脱一孔雀。当然这话夏默然没有说出来，不是怕说出来会惹麻烦，而是怕吓到了殷筱筱。

夏默然半倚在栏杆上吹风，脑袋时不时地左右转动，这一转眼神便定住了。只见那右手边的河岸旁正站着一个人，他穿着一件干净的白色衬衫，一条浅灰色的长裤，一双板鞋。明明很简单的穿着，随处可见，但那浓郁的书生气质——他的双手插在裤兜里，正一动不动地出神地看着湖面，不知道在想些什么。

这个人刚好是夏默然认识的欧阳瑞卿。

像是有感应般，欧阳瑞卿也正转过头来看向这边。两个人的目光在空中汇聚，他淡淡地朝她点头笑了笑，便提步向桥上走了过来。

“真巧。”欧阳瑞卿走上来，在夏默然的身旁站定。

“是呀，第一天来就遇见认识的人，是挺巧的。”夏默然轻声回了句。面对欧阳瑞卿时她怕把声音提高一点就会破坏了那份宁静，扰了他。

欧阳瑞卿眼里有微微不解，不过脸上温润的表情却没有怎么变化。

“我是说我转到这所学校来念书了，以后咱们就是同学了，请多指教。”夏默然的唇角微微上扬，面对欧阳瑞卿她总是有种恬静放松的感觉。虽然她不解这样的人怎么会和肖韶炎那种嚣张的家伙做朋友。

“嗯，那以后就是同学也可以说是朋友了，希望你会喜欢上这里。”欧阳瑞卿的声音有些轻，他转头看了看夏默然，“我还有事先走了哦，下次见，你有什么事情也可以来找我。”

目送着欧阳瑞卿离开，夏默然咬了咬自己的嘴唇，小声地呢喃了一句：“希望借你吉言，我真的会有喜欢上这里的一天。”

夏默然同殷筱筱在校园里逛到傍晚，一直到吃了晚饭才回宿舍。虽然对于夏默然怎么会认识欧阳瑞卿很好奇，但是殷筱筱最终还是什么也没有问，只是在睡觉的时候问："默然你是不是明天就正式上课了?"

夏默然答："是。"

殷筱筱又问："那你是转到哪个班了呢?"

夏默然双手枕着头，望着天花板，答："高二五班。"

殷筱筱一脸的兴奋，"跟我一个班呢，看来咱们真是有缘。"

"……"

一晚上就在这一问一答的闲聊中慢慢睡去。

Two

当夏默然踏进高二五班教室的那一刻全班都变得安静了，不是因为她今天衣服穿反了，也不是脸没洗干净。而是老师的那句话："今天转来我们班的同学是全市第一名的夏默然，希望大家以后多向她学习。"

夏默然知道这种贵族学校真正用心念书的人其实没有几个，因为他们根本不用担心自己的未来，他们的未来早就被有权有势的父母安排好了。成绩好的考名校，考不上大学可以出国，几年后回来依旧进自家的公司，进大财团。关系人脉什么都不缺，这就是所谓的少奋斗三十年。

因此她这个全市第一还真是让人有些咋舌，如果说夏默然唯一有胜过他们的地方，那就只有这成绩了。

这份寂静很短暂，尽管如此也很让夏默然满意。

老师把夏默然安排在了左边第二排靠窗的位置，刚好与肖韶炎一左一右隔得很远。因为肖韶炎坐在右边倒数第二排靠窗的位置。

夏默然走进教室时便一眼就找到了肖韶炎，而那时肖韶炎也正抬起头来看着她。她很明显就看到他的眼里有着一闪而过的讶异，尤其在听到老师说她是全市第一的时候他的眉头皱了皱，上上下下地打量了她一番，似乎觉得那是一件多么不搭调的事般。

"你转校是因为我?"才下课，肖韶炎便走到了夏默然的座位前。

她抬头看他，有翻几个白眼的冲动，"你是不是太抬举你自己了，我

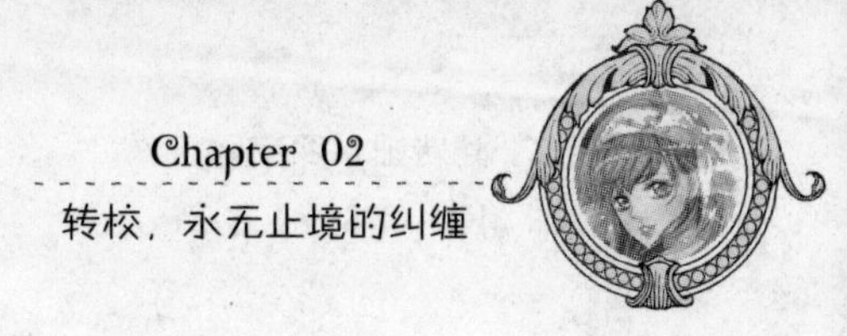

只是为了拿回我自己的东西而已。”

肖韶炎不怒反笑，“归根到底不还是为了接近我吗?”

夏默然真的很想疯狂大笑几声，却又觉得肖韶炎说得也不完全错，要拿回自己的箱子是要先接近他。

“你到底还不还我?”夏默然懒得再和他鬼扯，直接进入正题。

“我说过你这招追我的手法不怎么样，不过你既然都能转校过来，起码说明勇气可嘉，值得夸赞。”肖韶炎抬手拍了拍夏默然的肩膀便自顾自地走出了教室。

“我是智障还是眼盲了会来追求你?”夏默然不满地转头朝着肖韶炎离开的方向大声说了句。

可能是因为她太过激动，也可能是因为这声音确实大了点，让整个热闹的教室瞬间安静了下来。大伙儿一致地看向夏默然，眼神里各种信息飘过：惊讶，错愕，白眼，怀恨，好奇……

焦点不是每个人都能做、都有勇气做的，因此夏默然很明智地选择赶快逃离现场。

“我的妈呀。”夏默然一出教室就忍不住地低咒了一句。天哪，这可比一人吐口唾沫还要令人惊心。

夏默然走了老远才弯下身来轻喘着气，一边暗骂都是那该死的肖韶炎惹的祸。自己一定是上辈子，不，应该是上八辈子欠他肖韶炎的，所以才会遇见这么乌龙加悲剧的事情。

“你怎么会在这儿?”一个温和的声音从夏默然的头顶传来。

夏默然一惊，在这学校里她认识的人可是屈指可数，抬头，果然看见了欧阳瑞卿那张带笑的脸。

“你怎么会在这里?”夏默然没有回答，却是把同样的问题给丢了回去。

欧阳瑞卿微微地侧了侧身，露出他身后挡着的门牌号：高二三班。“我站在自己教室门口很奇怪吗?”欧阳瑞卿的声音极淡，不像发问倒像是陈述。

“哦。”夏默然点了点头，说，“我在找肖韶炎。”

这句话刚落，夏默然自己都愣了半晌，至于为什么会这样说，她还真不知道，难道这是潜意识里自己要做的事？

夏默然疑惑了。

“韶炎呀！”欧阳瑞卿一副恍然大悟的样子，随即又笑着说，“我知道他在哪里，走吧，我带你去找他。”

望着欧阳瑞卿走在前面的身影，夏默然再次恍惚了，他为什么要帮自己呢？

想不出为什么，干脆甩甩头不去想了。但是自己找到肖韶炎又要干什么？这下夏默然窘迫了。

管它呢，找到再说，反正她要要回自己的箱子了。夏默然就不相信，她每天缠着他要，肖韶炎会无动于衷？或许哪天她缠得他久了，他烦了，就自动把箱子还给她了呢。一想到这里，夏默然乐了，她就不相信拿不回她的箱子和她的项链。

跟着欧阳瑞卿左拐右拐的，还真把肖韶炎给找到了。

夏默然望着眼前这白色的欧式风格的建筑，这建筑看上去已经有些旧了，外面的墙面上也爬满了绿油油的爬山虎。

“没想到学校里还有这样的地方。”夏默然转过头看向欧阳瑞卿。

“很老的一栋楼了，学校扩建，拆迁，里里外外折腾了好多回，但是这栋楼却一直都留着，听说是开校最初就有的，可能是有什么特别的意义吧。”欧阳瑞卿双手插在裤兜里，缓缓地说。

夏默然明白地点了点头，听着里面传来的断断续续的钢琴声有些不解。

“是韶炎在弹钢琴。”欧阳瑞卿的声音适时地传来。

夏默然的嘴巴张了张有些吃惊，没想到那个拽得要死的野蛮人竟然也会弹钢琴。

“走吧。”欧阳瑞卿上前推开了那扇白色的木门。

“吱呀”一声响，已经许久没有听过这样的门声了，夏默然清楚地记得在老家里，那扇老旧的木门每次开关的时候也会发出这样的声音。

“你来这里做什么?”琴声戛然而止，肖韶炎抬起头很不满地看了过来。

“她说有事找你，所以我就带她过来了。”欧阳瑞卿丝毫没有被肖韶炎冰冷的声音影响，缓缓地说。

肖韶炎看着夏默然，眉头微蹙。

“有什么事你们就谈吧，我先走了。”欧阳瑞卿的话音一落便转头走了出去。

肖韶炎只是静静地看着夏默然。

被盯得有些不自在，夏默然干咳了一声，一边向着肖韶炎走去，一边说：“想不到你还会弹钢琴。”

“只有笨蛋才不会弹钢琴。”

“喂，你这人到底会不会说话，谁告诉你是人都会弹钢琴的。你到底有没有常识呀，不是每个人都像你这样命好，有机会可以学习这些东西。”夏默然朝着肖韶炎嚷嚷着，“不就是会弹琴嘛，有什么了不起的，我还会画画呢。”

夏默然走到肖韶炎的钢琴前，这是一架白色的三角钢琴，夏默然一只手放在琴上，同时眼珠转得飞快，打量着这间屋子。

白色，好像这里面所有的东西都是白色的，从墙面到地板，从钢琴到凳子，就连屋里放在一边的盆花也是白色的。

那花不知道是真的假的，正当夏默然想要走过去好好看看的时候，便被一声冰冷的怒吼声给吓得愣在了原地。

“滚出去!”

夏默然拍了拍自己的胸口，转头看向肖韶炎，想也没想地也朝着他吼了过去，“你干吗吓人，吃饱了撑的呀?!吼什么吼，你以为我喜欢来这里呀，只要你快点把我的箱子还给我，以后我看见你一定绕道而行，有多远闪多远。”

“我说过你接近我的这个借口很烂，没有半点的吸引力，下次换个好点的，兴许我会感兴趣。”肖韶炎的脸上划过一丝讽刺的笑。

“我、我脑袋进水了才要来吸引你，什么叫烂借口，这是事实，事实你知不知道?”夏默然很不服气地吼了回去，突然停顿了两秒，讶异地说，“你该不会是想私吞我的东西吧?!”

肖韶炎的音色又沉了几分，“私吞你的东西?”他上上下下地打量了一圈夏默然，“也不回去照照镜子，就你这样能有什么吸引我的地方，我肖韶炎什么都不缺，你有什么东西值得我拿的。”

“那你把东西还给我，我立刻就走。”夏默然伸出手向肖韶炎索要。

“疯子。”肖韶炎看了夏默然半晌缓缓地吐出两个字后直直地从夏默然的身边走过，出去了。

“你才是疯子，我不会就此罢休的，我自己的东西，我一定会拿回来的。”夏默然朝着肖韶炎的背影狠狠地说道。

Three

从那天起夏默然还真是说到做到，除去上课时间必要的碰面，不管肖韶炎在什么地方都能碰到夏默然。

夏默然真可谓是神出鬼没，连肖韶炎上厕所的路上都要半路拦截念叨几句。

比如现在。

当然现在可不是肖韶炎上厕所的路上，而是在肖韶炎放学离校的路上。

肖韶炎原本是坐在自家车里，但是途中却接到了欧阳瑞卿的电话，便让司机掉了头。司机把肖韶炎送到了一家 PUB 门口，在肖韶炎的吩咐下便先开车离开了。

肖韶炎一进去便看见了坐在吧台的欧阳瑞卿。

“怎么选这么个地方?”肖韶炎走过去坐到欧阳瑞卿的身边。

“老是那样华丽的开宴会也烦了，偶尔换点花样嘛。”欧阳瑞卿笑笑。

“就你一人，其他人呢?”肖韶炎环顾了一眼四周，人是很多，但是没几个是他认识的。

“都在包间里呢，走吧，就等你了。”欧阳瑞卿一边说一边拍了拍肖韶炎的肩膀，他刚想起身，便被一个突如其来的声音吓了一跳。

“肖韶炎。”夏默然的声音有些大，欧阳瑞卿也被这突然伸过来的脑袋小小受惊了一下。

“你怎么会在这里？”肖韶炎转过头看着站在他与欧阳瑞卿之间的夏默然，眉头皱成了一团，“你跟踪我。”

夏默然站在原地翻了翻白眼，先同一旁的欧阳瑞卿打了个招呼，才看着肖韶炎缓缓地开口，“谁有空跟踪你呀，我是来要回我的东西的。”

其实夏默然是真的没有跟踪肖韶炎，他家司机开的可是名牌汽车，她就两条腿怎么可能跟得上。不过是她运气好罢了。下午的时候，偶然经过欧阳瑞卿的教室听见他正在讲电话，大概说的就是放学后来这里，说了什么让他们都来吧。夏默然就猜想，那个他们里可能会有肖韶炎，抱着缠死肖韶炎的决心她便自己找来了。本来只是想碰碰运气，但现在看来，她的运气极好。

“你给我滚出去。”肖韶炎的声音提高了点，显然对这个阴魂不散的人很不高兴。

“□，我不会滚你先示范一次给我看一下呀，还有，这里可是公共场所，你凭什么叫我滚。”夏默然一点也不把肖韶炎的怒气放在眼里，缠了肖韶炎这几天一直面对着他这样的怒气，她都已经免疫了。

“好了，你们俩就别吵了，默然既然来了，那就一起吧。”欧阳瑞卿适时地开了口，他脸上温和的笑容一直都没有落下，率先走在了前面。

夏默然很不客气地跟了上去，要是以往她肯定是没有这个脸面一直缠着一个人的。但是为了拿回自己的东西，她就暂时先把那些东西丢在一边好了，反正以后她也会回到自己的世界去，跟这些人估计也不会有太多的交集。

夏默然一边跟着欧阳瑞卿一边得意地冲着肖韶炎抬高下巴，一副你能奈我何的样子。

肖韶炎只是狠狠地瞪了她一眼，之后就直接转过头去看向别的地方，选择直接忽视。

“你不想看见我，就把我的东西还给我，我保证你以后在哪儿都不会看见我。”夏默然说得很认真。

肖韶炎回过头来懒懒地说了句，“没有，你听不懂人话是不是?”

“明明是你自己听不懂人话，好吧，既然这样，那咱们就继续纠缠吧。”夏默然说得一脸轻松。

一旁的欧阳瑞卿没有开口，只是淡淡地看着两人，脸上的笑容一直没有落下，只是眼里闪过一丝玩味。

“到了。”欧阳瑞卿轻声地说了句，伸手直接打开了包间的房门。

夏默然同肖韶炎都转过了头，盯着房里。而此刻包厢里的人也正盯着他们，夏默然被看得有些不自在，她突然有些后悔来堵人了。

包厢里的人其实不是很多，就六七个的样子，其中大部分是夏默然上次在蓝天俱乐部的时候就见过了的。

“进去吧。”欧阳瑞卿的声音在夏默然的耳边响起。她这才回过神来，发现不知道什么时候肖韶炎已经进去了，此刻就她和欧阳瑞卿还站在门口。

“哦，好。”夏默然下意识地点了点头，跟着走了进去，看见右边的短沙发上还有一个位置便走过去坐了下来。而这个沙发刚好离肖韶炎坐的沙发极近，就隔着一个人的距离，留了一个狭窄的小道。

包厢里的人原本都很好奇地打量着她，甚至有些上次见过她的人还在一边小声地和同伴说着什么。夏默然被打量得很不自然，一个人孤零零地坐在那里也不知道要干些什么，犹豫了一会儿她还是决定跟欧阳瑞卿说一声她要回去了。

正当她准备起身去找欧阳瑞卿的时候，一杯饮料正好出现在她的面前。夏默然抬头，发现这饮料正好是同她坐在同一张沙发上的人递过来的。

“喝点东西吧。”那人的声音有些低。夏默然望着眼前的男生，他长得

很俊俏，不同于欧阳瑞卿的温暖和肖韶炎的冷峻。这人身上有着妖气，这是夏默然的第一个感觉。当然不是说这人是妖怪，而是他身上透出的那种让人移不开眼的气质。

这个男生长得很干净，他的头发有些短，眉毛很细，看上去甚至有些不像男生的眉毛。他的眼睛很有神，而且还是淡蓝色的，那是夏默然喜欢的颜色。他的鼻梁很挺，嘴唇很薄，穿着一件淡紫色的衬衫，这还是夏默然第一次看见这个颜色的衬衫，不过很适合他，有点神秘的感觉。他的下身穿着一条同色系的长裤和一双夏默然不认识牌子的板鞋，夏默然觉得可能是因为这一身衣服才让她觉得他身上带着妖娆的气息。

“谢谢。”夏默然礼貌地接过男生手里的饮料，轻啜了一口后又抬头看向他，问，“你是混血儿吗?”

“嗯?”男生没有回答，只是有些不解地看着她，像是没有听清她的话一般。

“你的眼睛是蓝色的。”夏默然看着他的眼睛。

男生一下就笑了出来，抬手摸摸自己的眼睛，“这个呀——”他的尾音拖得有些长，突然把自己的脑袋靠近了夏默然一些，与她四目相对，低沉的声音再度传来，“你应该知道这个世界上有种东西叫做隐形眼镜吧。”

“啊!”夏默然瞬间窘迫了。

“真是个可爱的女孩。”男生伸手揉了揉夏默然的头发，说，“我叫路黎析，你呢?”

“夏默然。”

与这男生说了几句话，夏默然把要离开的事情也给忘了。就在这时，她听见一个女生的声音，“欧阳，今天既然是你的生日就找点好玩的事情来玩吧，大伙儿都坐在这包厢里实属无聊呀。”

夏默然呆愣了一下，这才知道原来今天是欧阳瑞卿的生日。她这个贸然跑来的人还真是会选时间呀，待会儿一定要记得跟他说句生日快乐。

那个女生的提议得到了大伙儿的认同，欧阳瑞卿笑着点头问大伙想要怎么玩。

不知道是谁提的馊主意，玩撕餐巾纸的游戏，而且还是用嘴巴撕。具体规则是这样的，第一个人抽一张餐巾纸衔一角在嘴里，让下一个人用嘴去撕上一个人嘴里的餐巾纸，以此类推，直到最后一个人实在是没有办法再撕下餐巾纸便表演节目。

夏默然再一次感慨自己没有坐对位子，虽然她很是不解为何包厢里的大多女生都拿眼瞪她，而且她们那眼里嫉妒羡慕的光芒又意味着什么。夏默然甚至在心里期盼着现在能有谁给她打个电话，让她能找个借口离开。此刻的她真的很想离场。

正当夏默然还在胡思乱想之际，游戏已经轮到她了。路黎析轻碰了一下她的肩膀，"该你了。"

夏默然这才回过神来看着他，当眼神定在黏在他唇上的那一片薄薄的餐巾纸时，她眼睛不由自主地睁大了一些。她明明记得那餐巾纸是很大一张的，为何现在还剩下三分之一。不过看着这少了一大部分的餐巾纸夏默然又开始庆幸，幸好还有这三分之一。

她有些犹豫着把脸贴过去，微微地轻启嘴唇，含了一点小角，轻撕了一下。明明她没有碰到路黎析的唇，但她就是不敢看路黎析的脸，夏默然甚至觉得她能感觉到路黎析呼吸在她脸上的温热气息。

当撕下那片纸巾的时候夏默然感觉自己整个人都松了一口气，这还是她第一次这么近距离地靠近异性。

当夏默然转过头要往下面传的时候，整个人仿佛又被定住了，此刻的她真的很想大声地说一句可不可以不玩了。

"过来呀！"肖韶炎的声音有些霸道。

夏默然看了看他，最终还是没有朝他走去，她只是微微地把身子向外倾斜了一点，毕竟两个沙发之间只隔着一个人的距离，也不是很远。

"喂，你把头抬高一点呀。"

肖韶炎霸道的语气让夏默然一下子就抬起了头，也不是夏默然多么听话，而是肖韶炎的语气怎么听都让夏默然很不爽。原本还有些害羞的情绪，被肖韶炎这一句话一下子就给扫光了。而她也只能是抬起头去瞪肖韶

炎的眼睛而已。

夏默然扬起头，直直地看着肖韶炎，她的唇微张，眼里有些倔强，可能是因为先前的关系，脸蛋还是有些微红。看着这样的夏默然，肖韶炎突然觉得她也不是那么难看，反而这一瞬显得有些可爱。

“看什么看，快点呀。”夏默然催促着，她可不希望周围的眼神一直都在自己身上打转。

被夏默然这么一吼，肖韶炎也回过了神来。他的唇角不自觉地咧了咧，觉得自己一定是脑子有毛病了，才会突然觉得眼前这个乡巴佬有些可爱。

肖韶炎的动作很快，夏默然还没有回过神来的时候他已经迅速地用嘴衔着纸巾走了。看着肖韶炎身子转向颜怜菡的时候，夏默然才真正地松了口气，还好总算是过了，千万不要再来了。

就在夏默然祈求之际，这一轮已经结束了，最后轮到的那个人是一个夏默然不认识的女生。那个女生有些腼腆，站起身说要给大家弹一首曲子。

夏默然这才发现，这个包厢里居然还有钢琴。不，那不是钢琴，严格来说那只是一个琴键键盘而已，应该是电子琴吧，夏默然想。

至于女孩弹的是什么曲子，夏默然是没有听出来，反正她就觉得很好听。夏默然突然意识到是不是每一个有钱人家的孩子都会弹琴，她还记得几天前也在学校看过肖韶炎弹琴的，虽然那琴声只是断断续续的。可是总比自己好，她可是连哆、来、咪、发、唆都搞不清的人。

夏默然再一次感叹他们果然不是一个世界的人。

估计是玩上瘾了，那女孩才表演完，大家就嚷嚷着继续，这一次倒着来。

可能是已经玩过一次了，大家都玩出心得来了，一个比一个更狠。第一个是整张纸，到第二个的时候就还剩下三分之一了，第三个直接是六分之一了，等到了夏默然这里的时候，那被肖韶炎衔着的露在外面的纸巾就只有指甲盖那么大了。

夏默然本想放弃，直接认输算了，但是又想输了得表演节目，自己什

么也不会，站起来丢脸还不如赌一把，或许指甲盖那么点儿的纸她也能衔住呢。

只是夏默然还是高估了自己，在试了一次没挨到纸的时候，她就想着再靠近一点点就可以了。所以她暗自为自己打气又靠近了一点，只是没想到这次靠近是靠近了，她甚至有些轻微地触碰到了肖韶炎的嘴唇，但是那张纸她还是没有衔到。

一道电流划过，夏默然下意识地向后退开了身子。老天，她竟然碰触到了肖韶炎的唇。夏默然闭着眼有种想要钻地洞的冲动，是碰到了吧，那可是她的初吻呢。

夏默然悄悄地斜眼看了看肖韶炎的反应，还好，他只是像刚才那样保持着原本的动作。夏默然微微地松了口气，他应该没有感觉到吧，毕竟那只是很轻很轻的一下，他应该没有注意到吧。想到这儿夏默然稍稍地释怀了，看着肖韶炎唇上黏着的纸屑也不敢再有动作了。

她深呼吸一口气，缓缓地说："我输了。"

"那要表演节目噢。"路黎析的声音里带着巧笑。

夏默然磨蹭了半晌才站起来，说："我给大家讲个笑话吧。"

看着众人都盯着自己，夏默然咳嗽了两声，回想着昨天晚上殷筱筱给自己念的那个笑话：

"小兔说：'我妈妈叫我小兔兔，好听。'

小猪说：'我妈妈叫我小猪猪，也好听。'

小狗说：'我妈妈叫我小狗狗，也很好听。'

小鸡说：'你们聊，我先走了。'

小兔说：'我是兔娘养的！'

小猪说：'我是猪娘养的！'

小鸡说：'我是鸡娘养的！'

小狗说：'你们聊，我先走了！'

0 号陪练说：‘外人叫我零陪，好听。’

1 号陪练说：‘外人叫我一陪，也好听。’

2 号陪练说：‘外人叫我二陪，也很好听。’

3 号陪练说：‘你们聊，我先走了。’

猫对我说：‘我是你奶奶的猫，好听。’

狗对我说：‘我是你奶奶的狗，也好听。’

鱼对我说：‘我是你奶奶的鱼，也很好听。’

熊说：‘你们聊，我先走了。’

浪客说：‘人们叫我浪人，好听。’

武士说：‘人们叫我武人，也好听。’

高手说：‘人们叫我高人，也很好听。’

剑客说：‘你们聊，我先走了。’”

夏默然说完，发现整个包厢里一片寂静，她有些不好意思地低头问：“是不是有点冷呀？”

坐在她身旁的路黎析浅笑着说：“还行吧。”

既然这样，夏默然便放心了些，坐了下去。

不知道谁先开口说了句：“欧阳唱首歌吧，你今天可是寿星呢。”

这个提议，立马迎来了大伙儿的赞同。

“欧阳唱歌很好听的。”一旁的路黎析小声地说了一句，等夏默然回过神来才发现他这话是跟她说的。

此时包厢里的音乐已经响了起来，不知道是谁点了陈奕迅的《好久不见》。

夏默然看着拿着话筒斜倚着一边柜台的欧阳，他唱歌时的声音低沉而又有磁性，透着淡淡的感慨和悲伤。

夏默然一只手撑着脑袋，斜着身子听得有些入神。

这时她的耳边突然有一个很小的声音在盘旋，“原来这就是你一直缠

着我的目的呀，竟然偷亲我。”

这个声音让夏默然的整个身子一惊，她睁大眼睛朝着肖韶炎看去，她看见肖韶炎的唇角微微地抽动了一下，看不出什么情绪。

“他竟然感觉到了。”夏默然吞了吞唾沫，她多希望这一刻，她其实是幻听了，其实肖韶炎根本就没有感觉到，明明只是轻轻地碰了一下而已。而那本身就只是一个意外！

只是意外而已。

Chapter 03

流言蜚语

One

夏默然无数次地懊恼自己为何那天要经过欧阳瑞卿所在的班级教室，如果不经过欧阳瑞卿所在的班级教室门口，那她就不会听见他讲电话，听不见他讲电话她也就不会想着去缠肖韶炎要箱子，不去要箱子也就不会发生触碰他嘴唇这样乌龙的事。

是触碰，只是触碰。夏默然绝不承认那是亲吻，两个互相视为仇人的人怎么可能会发生亲吻这样的事。

夏默然已经有两天没有缠着肖韶炎了，就算是要箱子，也只有在上课的时候碰见开口提一下。不是她不想缠着他要，而是自从那天发生那样的事后，她实在是有些不好意思出现在他的面前。

夏默然觉得她需要一个缓冲期。

只是这个缓冲期才过两天，晚上回宿舍时她就听见殷筱筱神神秘秘地走到她面前，问："默然，你真的亲肖韶炎了，你真勇敢。"

"噗！"正在喝水的夏默然喷了一桌子的水，呛得她一阵咳嗽。

"你慢点，用不着这么激动吧。"殷筱筱一边拍着她的后背帮她顺气，一边说。

"我亲他，你听谁说的？"夏默然好不容易缓过气来，使劲抓着殷筱筱的手问。

"肖韶炎呀，这事大家都在说呢，说好多人看见了，就在欧阳瑞卿过生日那天。默然你挺不错的呀，结识了那么多咱学校的风云人物都不告诉我。"殷筱筱嘟着嘴，有些不满。

此刻的夏默然哪里还管得了那么多，抓着殷筱筱的手指问：“你是说，是肖韶炎自己说的?”

“对呀。”

看着殷筱筱点头，夏默然怒了。该死的肖韶炎，什么叫做她亲了他，她哪里有亲他。看来没有她纠缠的日子他过得很无聊，很好，那明天就继续吧。

夏默然怒气冲冲地上床睡觉，把一旁的殷筱筱吓了一大跳。尤其是在夏默然睡在床上的时候还大声地吼了句：“肖韶炎，咱们走着瞧。”

第二日夏默然来得很早，几乎是第一个进教室的人。没办法，谁让她一夜都没睡好呢，既然睡不着那还不如早点到教室里看看书。

渐渐地教室里的人多了，夏默然明显地感觉到有无数道眼光看着她，或者私下里指指点点地在说着什么。这一现象还不止在班上，就连下课出去上个厕所夏默然也能感觉到这样的情况。这让她很不爽，因此在上课的时候她写了张字条给肖韶炎。但是因为肖韶炎与自己隔得实在是有些远，夏默然只有请同学帮忙传阅一下。

只是纸条刚传出去，夏默然就后悔了，因为这流言比起原先好像更盛了，至少在他们班上是这个样子。

其实夏默然的纸条上只写了一句话：下课后白色教室见。

所谓的白色教室就是那天肖韶炎弹琴的那间屋子，那里究竟叫什么名字，夏默然不知道。反正她只记得那里面所有的东西都是白色的，如果肖韶炎有点脑子的话，应该会明白自己写的是什么地方，夏默然如是想。

夏默然站在教室门口没有进去，就那样直直地望着爬满了一整面墙的藤蔓出神。

“叫我来干吗?”肖韶炎双手插在裤兜里，淡淡地问。他的眼里有着不满，仿佛过来是件多么无趣的事。

“我只想知道你说我亲你是什么意思，你明明知道我根本就没有亲你。”夏默然转过身去不看他，反正他这副高傲狂妄的样子怎么看怎么不

顺眼。

“是么，我倒是不那么认为，你那晚的样子可一点也不像没有偷亲我的样子，我可还记得你脸红得连头也不敢抬。”

“我……”肖韶炎的话让夏默然瞠目结舌。

“怎么，说不出话来了?!”肖韶炎的唇角有些似笑非笑，“明明就是喜欢我还死不承认，竟然还偷亲我。”

“我都说了那不是亲，那只是碰到，没见过世面的家伙，连吻和碰触都分不清楚。”夏默然气得转头来大声地对着肖韶炎嚷着。

“你那么激动干什么，吃亏的是我又不是你。”肖韶炎身子向后移了下，斜眼看着激动的夏默然。

“敢情还是我占你便宜了?!”夏默然拿手指指着自己。

“那是事实。”肖韶炎懒懒地说。

“事实?”夏默然有些哭笑不得，她深呼吸两下，努力地压下自己想要暴跳的情绪，“我只知道事实就是你胡说八道，诋毁了我的清誉。”

“清誉?”肖韶炎扑哧一声笑了出来，“你以为你还活在古代呀，真是笑死我了。”

“你……”夏默然词穷，“反正是你不对，现在全校都知道，你需要跟我道歉。”

“笑话，我肖韶炎长这么大可还没有跟谁说过那三个字，再说了谁叫你整天缠着我的。”

夏默然突然一下就笑了，敢情这是在报复她呀。

“好吧，我也不要你道歉了，既然这样咱们就继续纠缠吧。”说完，夏默然便头也不回地走了，没走两步又停了下来，回头看着肖韶炎，说，“反正我只是一个人，别人爱怎么说怎么说去，我也不在乎了。倒是你，不是有女朋友吗，唉！不知道那个颜怜菡听到会怎么想呢?”

“该死。”夏默然清楚地听到身后传来这声低咒，原本还有些阴霾的心情瞬间变得豁然开朗起来。

夏默然和肖韶炎上课传纸条这事瞬间在校园里传开了。原本就不是什

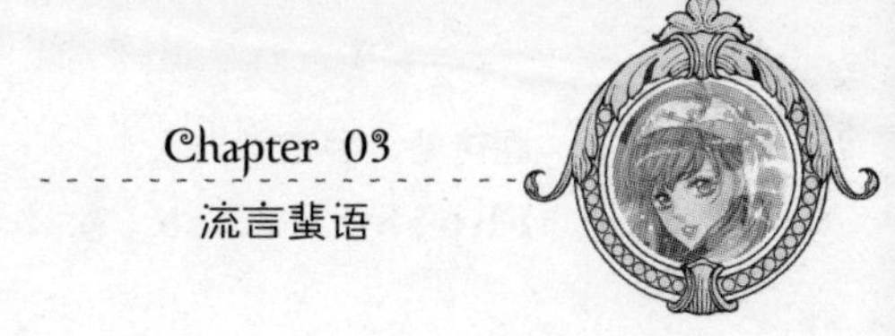

么大事，可不知为何就是停不下来，版本多得让夏默然自己都暗叹同学们的想象力丰富及流言的可怕。

但不管别人怎么说，夏默然就像是个没事人似的。她起先还有些不习惯走在校园里老是被人指指点点地议论，但是被议论久了，听得多了，夏默然也就淡定了。

夏默然依旧每天缠着肖韶炎索要自己的东西，开始追着肖韶炎满校园地跑。而这一现象就更加增强了流言的真实性，不过那流言倒是转变成了夏默然在追求肖韶炎。对于这一说法夏默然连反应也没有了，直接忽视，反正只要她自己了解不是那么回事就好，至于别人的看法与说法，她实在是没有心力了。

不知道是不是夏默然追得太过于辛勤了，还是夏默然说的话起了作用，肖韶炎从原先的视而不见到现在避之而唯恐不及。

对于这种现象欧阳瑞卿已经习以为常了，就像现在。

欧阳瑞卿抱着一本《中华上下五千年》坐在那个老旧的音乐教室里打着瞌睡，却不想他的眼睛还没有完全闭上就听见音乐教室的门被“砰”的一声撞开了。

欧阳瑞卿的眼皮微张，在看见来人是肖韶炎后便想也没想地闭眼继续睡，连搭理都懒得了。

“喂，欧阳，这里哪儿能躲人?”肖韶炎一边四处打量着屋子，一边上前摇着欧阳瑞卿的胳膊。

“拜托，我都躲到这里来睡觉了你都能找到。”欧阳瑞卿懒懒地说，现在他连直起身子的意愿都没有。老天真是太不公了，他可是个实实在在的局外人，可为何他们两人打仗反而自己遭罪呢?

“韶炎，你就不能让我安宁两天么，我求你了还不行吗?”欧阳瑞卿一边说一边双手合十作拜托状。

“你以为我喜欢打扰你呀，还不是那个死丫头，我的天，没见过这么磨人的人。”肖韶炎一边说一边在教室里游荡着，寻找着藏身的地方。

“我说你到底拿了她什么东西还给她就好了，用得着这么折腾吗?”肖韶炎弄得四处乒乒乓乓的，吵得欧阳瑞卿无法安宁，现在干脆直接懒散地直起身子，拿手撑着头，望着肖韶炎在屋子里瞎折腾。

“你以为我喜欢呀，都说了我没拿她东西了。而且你不觉得她根本就是找了个借口来追求我的吗?”肖韶炎说得煞有其事。

“呵，追求你的人难道还少吗? 就这次这么窝囊，你以前的那些狠劲都去哪儿了呀?”

听着这话，肖韶炎突然站定了身子，转过身来看着欧阳瑞卿，思考了一阵后，认真地说：“她和那些人不一样。以前的那些被我吓唬两次吼几句就吓得自动消失了。可这个夏默然不行呀，软硬不吃，好像非杠上我了似的。弄得我现在很想揍她一顿。”

“你不是从不打女生吗?”

“就是因为这个，所以我才躲的呀。学校闹得沸沸扬扬的事让怜菡很不高兴，那个夏默然又是不管我怎么样都不退缩。既然这样，我直接躲着还不行吗。该死的，你快帮我看看这里哪里能躲人。”肖韶炎的脸色极其难看。

欧阳瑞卿看着在暴怒边缘的肖韶炎，唇角抽了抽，眼底有着微微的笑意。他转眼看了看屋外的天气，阳光很好呢，这日子是过得越来越有意思了。好像很久没有这样好玩了。

“肖韶炎，你给我出来，别以为躲着就没事了，我告诉你只要你把我的东西还给我，我绝不再出现在你面前。”夏默然的人未到声音倒是先到了。

肖韶炎迅速地藏到了宽大的落地窗帘之后。

等夏默然踏进教室的时候，环顾了一眼四周，发现这屋里就只有欧阳瑞卿一个人。此刻的他正半眯着眼睛，下巴搁在手臂上，静静地望着夏默然。

“啊！欧阳，你看见肖韶炎了么?”看着这样的欧阳瑞卿，夏默然的声音自动地低了很多。

“没有。”欧阳瑞卿简短地说。

“哦，那你在干吗?”

“睡觉。”

“啊！那我是不是吵醒你了，对不起呀，我不是故意的。”夏默然看着半梦半醒的欧阳瑞卿说话的声音越来越小。

“算了。”

“那，你睡吧，我去别处找找。”夏默然说着就转身往外走，刚走两步像是想起了什么，又转过身来看着欧阳瑞卿说，“你还是不要在这里睡觉了，容易感冒，直接回家睡吧。”

欧阳瑞卿望着夏默然离去的背影，唇角微扬。

“我的天，终于走了。害得我站在窗帘后动也不敢动一下，比做贼还辛苦。”肖韶炎的声音适时地传来。

Two

夏默然在校园里转了一圈也没看见肖韶炎的影子，她明明记得自己是从下课后就跟着他出来的，怎么才这一小会儿人就不见了呢？夏默然一边在小道上走一边低着头沉思着，难道肖韶炎逃回家了?

“砰”的一声，夏默然的脑袋重重地撞上了一个硬物，疼得她直摸着脑袋喊痛。

“你还好吧?”一个极轻的声音从头顶传来。

“废话，你来撞一下试试看。”夏默然正一肚子火，肖韶炎人没找到还撞了树，估计没有人比她更倒霉了。

“力是相互作用的，所以我应该不用再去试一次了。”

说这话的声音里带着轻笑，夏默然这才发现自己撞的不是一棵树而是一个人。她一边揉着脑袋一边抬头，这一看，整个人便定住了。

怎么会是他?

路黎析，夏默然还记得他的名字，那个她觉得长得像妖精一样的男生。

“还好吧?”男生伸手在夏默然的眼前晃了晃。

“啊！没……没事。”夏默然回过神来，有些不好意思。她在心里暗骂自己丢脸，竟然会看一个人看呆了。

“呵呵，还是很疼吗，要不要去医务室找块冰敷一下?”他抬手，轻轻地拨开她额头的刘海儿，想要看看究竟撞成什么样子了。

夏默然被路黎析这突如其来的动作吓惊了，伫立在原地不知如何反应。

直到那温热的气息传来，她才慢慢地回过神来，只是这神是回过来了，脸却是一下子红到了耳根。只因为，此刻路黎析正对着他的额头吹着热气，那小心翼翼的动作让夏默然的心一下子酸了起来。

有多久没有这样被人呵护过了? 这样的感觉陌生到她都快要忘记了。

“没有肿，应该没事，还好我没有腹肌，否则非得撞出个包来。”路黎析直起身子，拿手理了理夏默然的刘海儿。

“哪有那么脆弱呀。”

“没有么，那刚才是谁哇哇大叫地直呼疼呀。”

“那是本能反应。”

路黎析哈哈地笑了起来，问：“你怎么在这儿呢，走路也不好好看路?”

“我那是在思考问题，一时没注意。”夏默然嘿嘿直笑。

“要不要在这里坐会儿?”

夏默然看着四周，自己竟然走到了人工湖旁边，这里四处都是草坪，连一棵树也看不到，她现在都有些怀疑，自己刚才怎么会以为是撞到了树上。

夏默然正打量期间，路黎析已经席地而坐了。看看坐在草地上一脸放松的路黎析，夏默然也跟着坐了下来，反正现在已经不知道肖韶炎的踪迹了，那就在这里坐一会儿吧。

两人坐在一起一阵沉默，夏默然本想开口说点什么，但是一时之间又找不到半点话题。

“听说你在追求韶炎?”一个极淡的声音从旁边传来。

“啊?”夏默然茫然地转头看他，半晌才回过神来，说，“怎么可能，我脑子进水了会追求他?”

可能是夏默然的神情有些激动，让一旁的路黎析看着不禁笑了起来。

“其实韶炎挺好的，很多人喜欢来着。”路黎析看着湖面，手里把玩着一片青草叶子。

“他好不好我是不知道哪，但是我知道的是他那人霸道，冷漠，是非不分，色盲，还赖皮。”夏默然掰着手指数落着肖韶炎的不是。

她说的这一长串惹得路黎析笑得更肆无忌惮了起来，末了才说：“我只能说，看来你还蛮了解他的。”

了解吗？关于这一点夏默然自己也不清楚，但是她知道的是其实她一点也不想要了解他。

“唉！”夏默然重重地叹了口气。

“怎么了?”

“只是感慨，转到这个学校来短短一个多礼拜，我把我人生中的很多个第一次都用出去了。”

“凡事都有第一次嘛。”

夏默然和路黎析闲散地东拉西扯地聊着，想到什么就说什么，夏默然突然觉得身边的这个男生的学识跟他身上的那种妖娆气息有些不搭调。路黎析懂得很多，好像夏默然跟他说什么他都知道，甚至是她那平凡世界里最平凡的东西。这让她对贵族又多了一个不一样的认知，至少身边的这个叫路黎析的男生给她的感觉很不一样。

“肚子饿了，走吧，去吃饭。”路黎析从地上爬起来，拍了拍身上的草屑。

“吃饭?!”夏默然有些讶然。

“别跟我说你是超人一天都不用吃饭的。”

“我……”夏默然张了张嘴。说到饿，她确实是有一些饿了。但是真的要和路黎析去吃饭吗？像他这样的人吃饭的地方应该很贵吧。夏默然的手摸了摸自己的衣兜，那里面已经没有多少钱了。

“走吧，我请你，就当你陪我吃，反正我一个人吃饭也怪无聊的。”路黎析没有给夏默然多少时间思考，直接上前去推着她的后背就往前走。

“可是你为什么要请我吃呀?”夏默然不解。

“我们不是朋友吗，作为朋友请你吃顿饭应该不难接受吧。”

夏默然看着路黎析半是玩笑半是认真的脸，没有再说什么，只能任由他推着往前走。

夏默然一直以为路黎析会带她去什么西餐厅或者较为高档的地方吃饭，却没想到路黎析会带她来这里。这个地方其实离学校不远，是一条平民街，街上有一些餐馆和卖小零小碎的杂货商店或摊位。这是夏默然最常接触的地方，毕竟以往的那十七年里她生活的地方也就跟这里差不多。

可能现在正处于吃饭高峰期，所以餐馆里大部分坐着的都是学生，但是从他们的穿着打扮可以看出，这里面没有一个是南翱高中的学生。来这里吃饭的大部分是这附近另一所施华高中的学生，那是一所很普通的高中，曾经夏默然还差一点就去那里念书了。

路黎析点了两个荤菜、一个素菜和一个三鲜汤，他一边帮夏默然布置碗筷一边微笑地看着她转着脑袋四处打量。

“怎么了，不习惯这里?”

“没有。”夏默然一边摇头一边转过头来，“我只是没想到你会带我来这里。”

“那你以为我会带你去哪里吃?”

“西餐厅呀或者什么高级饭馆呀，你们不都是在那些地方吃的吗?”

“你想去? 那我下次带你去。”路黎析说得很随意。

“还是不要了，那些地方我估计也吃不来。我只是好奇，你怎么会知道这里可以吃东西。”夏默然说这话的时候脑子里自动地闪过了另一条消息，“肖韶炎那种人肯定是不会来这种地方吃饭的。”

“吃饭而已，只要舒服就好，不是吗? 其实我也不是第一次来这种地方吃饭了，我还记得我第一次来的时候是跟一个打篮球认识的朋友来的。你一定不知道那时候我刚走进来就想要出去，我从来没有在这么吵闹的地

方吃过饭。但是我那朋友跟我说，这才叫生活。后来我发现呀，这里厨师的手艺其实挺好的，多来几次这种地方也就习惯了。听着周围的人吵吵闹闹地说着别的事情，有时候就觉得挺有意思的，或许就像我那朋友说的吧，这才比较像生活。我以为你会喜欢来这种地方吃饭，所以就带你来了。”

“是的，我喜欢。这种气氛才会让我觉得这是我自己生活的世界。”夏默然的唇角微扬，她突然有种错觉，她已经很久没有感受过这样的气氛了。明明也就才很短的时间，可为何她总有一种恍如隔世的感觉。

“那你的那个朋友现在在哪里呢？教你体会生活的人，真想认识一下。”

“他呀，一年多以前去世了，车祸。”路黎析的声音极淡，却听得夏默然的心没由来地一窒。

“对不起。”

“没关系，吃饭吧，要不菜凉了就不好吃了。”路黎析一边说一边给夏默然夹菜。

可就这仅仅几分钟的时间，夏默然觉得她又认识了一个不一样的路黎析。或许真的是每个人的心里都有一个自己的故事，而有故事的人身上总能流露出一种特别的气息。路黎析就是个有故事的人，刚好夏默然又喜欢这种有故事的人。

吃得好饱，夏默然一边伸懒腰一边看着路黎析结完账。很便宜，味道很好，也就三十多块钱。夏默然心里突然有个打算，要不以后就多走几步路来这里吃饭吧。

“走吧，我送你回学校。”路黎析结完账出来对夏默然说。

“啊，不用了啦，这里离学校也很近，我自己走回去就好了。你没有住校还是回家吧，回去晚了家里人也会担心的。”

“我家就我一个人。”路黎析看着前方淡淡地说。

“啊！”夏默然张了张嘴，终究还是不知道要说些什么好。

“走吧，我送你。”

这一次夏默然没有再拒绝，她突然觉得或许有钱人也不一定都幸福。

Three

夏默然在宿舍楼下遇见了正提着保温瓶的殷筱筱，她便跟路黎析道了别，还不忘说“下次换我请你吃饭”，然后就跟着殷筱筱上了楼。

殷筱筱在楼下看到路黎析的时候眼睛瞪得老大，像是看见了外星人一般。要不是怕失态，殷筱筱铁定早就尖叫起来了。

等看到路黎析走了，殷筱筱才一边跟着夏默然上楼一边说：“那是路黎析耶，默然你怎么会认识路黎析？”

夏默然轻笑地看着一旁甚是激动的殷筱筱低声地说了句：“你至于吗？激动成这样，他还不就跟你我一样是个长两只眼睛一个鼻子的人而已嘛。”

殷筱筱不满地嘟嘴，一边站着等夏默然开门一边说：“虽然说大家都是人，但是这社会也把咱划分为了好几个等次，而路黎析无疑就是金字塔顶尖的人物。看见这样的人我能不激动嘛，倒是你怎么一点反应也没有？”

“小姐，那我要有什么反应呀？”

“算了，你怎么会跟他走在一起？”殷筱筱放下保温瓶就快速地冲了过来，她本是一个不太八卦的人，可能是因为太无聊的关系，好奇地追问着。

“我们去吃了顿饭，他送我回来，就这样而已。”夏默然看着殷筱筱的目光，突然觉得有点阴风阵阵的感觉。

“吃饭，你竟然和他出去吃饭。OH，老天，这是什么世道，难道这天真的要变了！”

看着一旁殷筱筱自言自语的样子，夏默然忍不住推了她一下，小声地叫了句：“筱筱，你没事吧？”

“没事，不过你有事。”

看着殷筱筱瞬间转移的表情，夏默然满是不解地问：“什么事？”

“那你老实告诉我你到底是喜欢肖韶炎还是路黎析?”殷筱筱一把抓住夏默然的手，问得很认真。

“你在说什么呀?”夏默然有些哭笑不得。

“哎呀，咱都两姐妹了，你就告诉我吧。你不是在追求肖韶炎吗，怎么突然一下子就又跟路黎析在一起了?”

看着殷筱筱有些纠结的脸，夏默然抽回了自己的手，很是慎重地双手拍着殷筱筱的双肩说：“首先，我没有在追求肖韶炎，再者我跟路黎析也就是朋友而已，哪里那么多乱七八糟的关系。好了，我要去洗漱睡觉了，你继续纠结。”

夏默然摇了摇头，站起身去忙活自己的事了，反正该说的她都说了。

夏默然这两天没有再缠着肖韶炎了，不是她不想缠着他要回自己的东西，而是她实在是没有办法了。

早上起来，当她掏出自己所有家当的时候忍不住叹了气，她已经很久没有工作了，而自己的钱也都花得差不多了。看来现在的她最重要的是先找一份工作，日子总得过下去。至于拿回箱子和项链的事，那就暂时先缓一下吧。

夏默然找了几天的工作，最终只在上次同路黎析吃饭的那家餐馆里找了份兼职，但那份工作薪水并不高，比起在南翱高中高额的消费，夏默然还是觉得要再找一份兼职做才好。

她在这个城市的一角绕了很多天也没找到，倒是餐馆的老板娘看她乖巧懂事又要一个人赚钱生活便跟她说：“默然呀，今天是周末，刚好早上隔壁家张阿姨说她做的那家现在正在招人，要不你跟着张阿姨去看看吧，听说薪水也挺高的。”

夏默然知道张阿姨是在给一个有钱的人家做家政，听说一个月有一两千块钱，比她现在在餐馆打工的这份薪水翻了好几倍。

“那我去看看吧。”夏默然跟餐馆老板娘道了谢，就跟着张阿姨去了。虽然她才在餐馆做了几天而已，但是热情的老板和老板娘已经让她觉得很温暖了。如果不是这份薪水根本不够自己在南翱高中的消费，她还真的不想离开。

“先去看看吧，如果不喜欢，再回来就是了，回来老板娘给你加工资。”老板娘像是看出了她的想法，说得很是豪爽。

夏默然点了点头，跟着隔壁张阿姨去了。

路上的时候张阿姨跟夏默然说，她要去的这家人姓肖，是本市数一数二的大户人家，给的薪水也很慷慨，只要认真做，主人也是很好说话的。

当夏默然站在肖家门口的时候，她觉得自己的心都跳到嗓子眼了。

这还是她第一次在现实中看见这么有钱的人家，那豪华的大门足有南翱高中的校门那么大，只是这里比校门要豪华多了。门口警卫认识张阿姨，很容易就放了行。

夏默然一走进去就觉得她根本就不是去了谁的家里，这更像是一个现代公园。绿油油的草坪，修剪整齐的盆景，还有很多她叫不出名字的花和树。甚至她还看见了一个巨大的室外游泳池，池里的水清澈见底。一条宽阔的道路直通别墅门口，这条道路是用一个个大小均匀的鹅卵石铺成的，道路宽得足够两辆汽车并排驾驶。

道路的尽头是一栋白色的欧式风格的建筑，三层楼高，很是华丽大气。

只是这白色，夏默然突然觉得有些眼熟。

这个家里的管家是一个中年男人，很是亲切和蔼也极好说话，对夏默然也很是满意。工作的事情也就这样给定下来了。

管家让张阿姨先带夏默然熟悉一下环境。当夏默然走在这如宫廷般漂亮的屋子里时，她真的觉得自己是置身在了梦里。她突然觉得如果能够在这里工作的话，她的心情也许会随着这美丽的风景变得愉快。只是这一想法还没到十分钟就破碎了，只因为她遇见了一个让她咬牙切齿的人——肖韶炎。

“你怎么会在我家?!”

这一声暴躁怒吼，让夏默然觉得自己一下子从天堂掉进了地狱。她抬头看着正穿着睡袍懒散地靠在二楼栏杆上的肖韶炎。此刻他的脸上有着孩子气般的不满，皱着眉头与夏默然四目相望。

其实现在的夏默然很想赞叹一声，因为此刻的肖韶炎别有一番风味，俊逸的脸上有着才睡醒的迷茫，有一点点的小可爱。但是夏默然知道现在的她没有一点时间去思考别的问题，她的脑海里一团乱，几个疑问不停地在脑子里打转。

这怎么可能是肖韶炎的家呢！

难道她以后就在肖韶炎的家里工作吗？

给肖韶炎做佣人？

夏默然突然觉得老天跟她开了一个很大的玩笑……

Chapter 04 成了他家佣人

One

她要辞职！

这个念头已经在夏默然的脑海里出现很多次了，从早上看见肖韶炎的那一刻形成的。只是现在的她很是纠结，早上她才刚刚来，这会儿就要提出辞职不干了，好像有点不道德，总不能告诉别人是因为肖韶炎的缘故吧，那样也太丢脸了。

此刻的夏默然正一手握着长长的塑料管浇花，一边发着愣。

“喂，你是想把我们家的花淹死吗？”

一个懒散却带着霸气的声音在夏默然的耳边回转，吓得她一个踉跄，差点没摔倒。急急地转过身来，才看见正懒散地斜倚着墙面的肖韶炎。此刻的他正半眯着眼，一眼不眨地看着夏默然。

夏默然被看得有些浑身不对，赶忙把目光转开，一边转一边在心里小声地嘀咕着：我的妈呀，怎么会有触电的感觉呢，难不成我本身就是一个半导体？

就在夏默然正天马行空之际，她的脑袋不偏不移地低垂了下来，视线径直地落在了自己抓着塑料管的手上。当她意识到水管里的水正哗哗地对着一个地方的花草冲刷的时候，夏默然下意识地“啊”地尖叫一声。抓着水管的手急急地往上一翻，只是这弧度有些过大了，水是没有哗哗地对着花草了，却把目标转换到了夏默然自己的脸上和身上。

还不待夏默然反应过来，那一股股的清水已经冲湿了她的衣服。夏默然没想到事情会这样发展，急忙丢掉手上的管子，跳离开来。不管她的反

应是何其得快，衣服被打湿了已是不争的事实。

“哈哈哈哈……”肖韶炎爆出一串笑声，指着夏默然嚷道，“我见过笨的人，没见过你这么笨的。看在你这么白目的份上，我就让你留在我们家当佣人好了。”话落，肖韶炎转身潇洒地走了。

夏默然望着肖韶炎转得潇洒的样子，气得牙痒痒，她很想抓起地上的水管朝着肖韶炎洒去。但是最终这个想法还是被她拦截了下来，再怎么说肖韶炎现在也算是她的半个衣食父母，即便此刻夏默然的脑海里还想着辞职的事。

“默然你这是怎么了，怎么一身湿答答的，还不赶快进去把衣服换掉。”管家祥叔碎碎念的声音拉回了夏默然神游的思绪。

看着祥叔紧皱的眉头和关切的脸，夏默然急忙直点着自己的脑袋说：“我这就去。”

夏默然在房间里磨磨蹭蹭地换了半天的衣服，其实对于肖家夏默然还是挺喜欢的。毕竟她的工作不重，待遇也挺好。而且管家看她人小，为避免她工作完了还要回家来回跑的麻烦，第二天她还要回学校上课，便特意给她准备了一个房间。现在能找到一个包吃包住，工作不累待遇还蛮好的工作已经很难得了，而这里面唯一的缺陷便是要面对肖韶炎，如果这不是肖家，而是别的什么大宅，夏默然想她会更加满意的。

那现在究竟是要辞职还是不辞职呢?

夏默然觉得这是个问题，还是一个很严重的问题。

等夏默然磨磨蹭蹭地换好衣服出去的时候已经是半个多小时以后的事情了，走到花园里的时候才发现那原本应该还在地上躺着的水管不知道什么时候已经被收捡走了。夏默然环顾了一圈四周，什么都没有。除了能看见随风摇曳的鲜花与树枝外，也只能听见风的声音了。夏默然闭着眼深呼吸了一口气，那清凉的香草味扑鼻而来。她突然有一种错觉，能够住在这如同宫殿般的房子里是那样的幸福。

“呵，没看出来你还挺享受的。”一声讥讽打断了夏默然的好心情。

夏默然回头正看见肖韶炎一手插在裤兜里，一手扶着后脑勺看着她假

笑。而在看见肖韶炎的这一刻，原本夏默然脑子里的美好幻想也在顷刻间倒塌了。她甚至想骂自己是猪头，怎么会觉得这里好呢。

想也没想地，夏默然转身就想离开。

“喂，你给我站住，这里是我家，没有我的允许你不准离开。”肖韶炎霸道的声音从夏默然的身后传来。

夏默然闭着眼睛努力地压下心头的不爽，笑着缓慢地转过身来看着肖韶炎：“虽然我是来给你打工的，但是我有我自己的人权。”

“人权?”肖韶炎眉头微挑，有些不明所以，“那是什么东西!”

“你这头猪。”夏默然想也没想地就骂了句，“我说你究竟有没有念过书呀，算了，你现在还是不要跟我说话，我可不想连我自己的智商都跟着降低了。”夏默然抬起双臂在自己胸前做交叉环抱状，一边说还不忘一边后退，“我惹不起你，我躲总行了吧。”

“夏默然你……”肖韶炎的嗓门有些大，显然是在气头上。他望着夏默然迅速离去的身影大声地嚷着：“我会让你知道什么才是主仆关系，你只是我们家的佣人，佣人而已，竟然敢不理我，真是活得不耐烦了。”

夏默然一直待在自己的屋里，为了避免出去再次遇见肖韶炎，她就一直一直地待在自己的那间屋子里。虽然这只是祥叔随便给她安排的一个房间，里面的装饰很简洁，雪白的墙面，一张简单的大床，一张书桌，一把椅子和一个衣架。祥叔说这是肖家给一些需要住宿的佣人住的房间，即便是这样，在夏默然的眼里这也比她自己以前所租的那间十几平方米的小房间要宽敞明亮得多。

夏默然躺在那张属于她的大床上辗转反侧，脑子里不断地想着她这样做对吗?上班第一天就偷懒，这给别人的印象也太不好了吧。只是如果她现在出去可能就会碰见肖韶炎，先前的她好像是有些激动过头了，那是她的雇主，也就是她的衣食父母，她怎么能骂肖韶炎呢!

“夏默然，你一定是脑子烧坏了，怎么会说出那样的话呢?”夏默然拿手敲敲自己的脑袋。

“出去吧，反正现在大家都住在一个屋檐下，抬头不见低头见的。”

“唉，算了！还是等等再出去好了，肖韶炎现在可能还在气头上呢。”

“如果现在不出去道歉，他待会儿变本加厉了怎么办？”

“可要是现在出去了，以他那脾气，肯定不会令人好受……”

“……”

“……”

夏默然就这样思前想后地在床上翻滚了好一阵，一直到有人敲响了她的房门。夏默然急忙翻身下床前去开门，来的是肖家另外的一个佣人，是个稍显年轻的妇女，姓李，夏默然叫她李姐。

李姐是来叫夏默然吃晚饭的。夏默然这才发现原来已经这么晚了，她有些不好意思地跟着李姐出去。

只是令夏默然纳闷的是，一路上她丝毫没有看见肖韶炎的半点踪影，虽然她知道帮佣和主人吃饭的地方是分开的。但是从她吃饭到吃完，再到打算离开都没有看见肖韶炎。而晚饭的餐桌上所有的帮佣都在，没有一个是去照顾他或者给他布菜的。

夏默然忍不住问身旁的李姐究竟是怎么回事，难不成那肖大少爷还知道体恤民情，不要人侍候？虽然说没吃过猪肉，但好在她还是见过猪跑的，电视上不都那么演吗，像这种有钱人家的主人吃饭，身边怎么可能会没有人伺候呢？

李姐很是认真地告诉夏默然，说：“少爷出去了。而整个肖家现在在家的主人也就只有肖少爷一个人，所以，主人都不在家了，当然就不需要人侍候了。”

听完李姐的话，夏默然一下子就松了口气，整个人都感到无比轻松。不为别的，只为现在的她不用去想见到肖韶炎会是怎么样的一幅画面。反正船到桥头自然直，搞不好真到了明天，肖韶炎早就把今天的事忘得一干二净了呢。

心情愉悦的夏默然，嘴里哼着不成调的歌儿在别墅里散步。至于为什么散步呢，那就是我们的夏同学很贪吃，一不小心就给吃撑了。没办法，谁叫肖家有钱，请到的厨子都和五星级酒店的大厨有得一拼，晚饭的时候

夏默然吃得差点把自己的舌头都给吞进去了。虽然夏默然是个不挑食的孩子，但是在美食面前也控制不了自己的食欲。

夏默然想，她是终于知道为何肖家的佣人都长得很是富态了。这样好的工作环境，这样高的薪水，还有美食享用，真是让人不笑、不长胖都难。只不过还是有一个怪胎的，至少肖韶炎看起来就很是纤瘦。

夏默然缓慢地走到了一片很大的露天游泳池边，今夜的月色很好，银白的月光洒在水面上显得波光粼粼的。夜风吹着有些凉，还好这会儿是夏季。空气里还能闻到淡淡的清香，夏默然选择在游泳池边席地而坐。伸长手指放进游泳池里把玩着池水，这池子里的水有些凉，只是在这夏天的夜里反而让人喜爱，刚好降温。

"你倒是挺惬意的嘛。"一个似笑非笑的声音从夏默然的身旁传来，不知道是不是因为夜晚的缘故，这个声音听上去倒显得有几分温柔。

夏默然放在水里的手指僵硬了两秒，不用回头她也知道说话的声音是谁的。夏默然一直觉得肖韶炎的声音很特别，否则她怎么会那么迅速地就记住了他的声音呢。她可是清楚地记得自己对声音这方面是没有任何天赋的，好多人的声音在她的耳朵里其实听起来都是差不多的。所以她从不用声音去辨别一个人，而现在她偏偏就这么不经意地记住了肖韶炎的声音。

"怎么，干吗不说话，难道我说错了?"肖韶炎走上前，蹲在了夏默然的身边。像是被夏默然玩水的兴致给吸引了，因此，他也把自己的手浸泡在水里，时不时地在水里搅着圈，玩得不亦乐乎，把本就平静的一池水搅起了层层涟漪。

夏默然稍稍地转过脸，望着正玩得兴起的肖韶炎。虽然月色不是很明亮，但是夏默然还是清楚地看见了肖韶炎唇角轻扬着的笑意。

"你今天心情看起来很不错。"忍不住，夏默然开了口。

"嗯哼。"肖韶炎没有否认，只是用一声轻快的鼻音肯定了夏默然的猜测。

看着这样的肖韶炎，夏默然突然一下子就笑了。只因为自己担心了一下午的事情应该不会发生了，肖韶炎的心情很好，应该好到不会记得下午

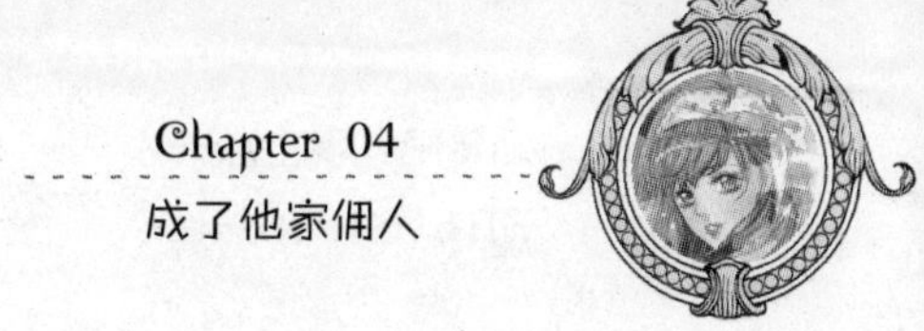

她说的不敬的话吧。

“你在笑什么?”肖韶炎伸长自己的脑袋在夏默然的面前，像是夜太黑，他看不清，因此故意靠得这样近，就是为了看看她是不是真的如同自己想象的那样笑得一脸的诡异。

“没……没有。”夏默然赶忙抬起自己的双手使劲地摇着。

“真的没有?我怎么觉得你笑得怪怪的。”

“没有，真的没有，我敢保证那都是你的错觉。你看这大半夜的，又这么暗，会产生错觉那是很正常的事情。”夏默然一手指着月亮一边认真地说着，“你看都这么晚了，咱还是各自回去休息吧，明天还要上课呢。”夏默然一边说一边缓慢地从地上爬了起来，抬手拍着身上可能粘着的灰尘。

肖韶炎也跟着站了起来，他看了夏默然两眼后什么也没说就要离开。刚抬腿走了几步又像是想起了什么，突然回转过头来对夏默然说：“今天白天你说的话，我可是记着的。”

一句话就让原本正拍着自己裤腿的夏默然愣在了当场，好几秒后她才直起身来望着肖韶炎越走越远的身影欲哭无泪，不是说心情好就会把那事给忘了吗?怎么这会儿肖韶炎竟然又想起来了呀。

Two

第二天夏默然起了个早，虽然说在帮佣肯定要起得早，但是祥叔在看见她还是个学生的分上，只让她下午放学回来后帮忙做事。早上其实对她没有任何的要求的，毕竟想着她还要念书。

对于祥叔的人道主义夏默然还是很喜欢的，可为何她又起得这么早呢?原因其实只有一个，那便是昨晚睡觉前肖韶炎的那句话简直就是晴天霹雳。因此她才不得不起这么早，为的就是想要不和肖韶炎碰头。

夏默然知道像肖韶炎那样的少爷是不可能起得这么早的，她趁现在溜去学校是最好的。至于到底要怎么面对肖韶炎，是被他痛骂一顿还是什么的，那都是下午回来以后的事情了。她还可以趁今天白天的时候好好地想

想解决的方法。

毫无疑问的，夏默然是全班第一个到教室的人，没办法，谁叫她真的是来得太早了呢！来得太早又没有事情可做，夏默然便拿胳膊支着下巴冥思苦想着下午回去要怎么面对肖韶炎。

“喂，你干吗呢？一直保持着这个动作，耍帅吗，不过那不都是男孩子干的事吗？”殷筱筱拿胳膊撞了撞身旁的夏默然。

夏默然这才回过神来，她转过头来看着殷筱筱，这不转还好，一转就发现自己的脖子僵了，而原本寂静的教室，不知道什么时候开始变得喧闹了起来。

夏默然一边拿手揉着自己的脖子一边看着殷筱筱问：“怎么了？”

“我还想问你怎么了呢？我都从你面前路过两回了，先前就看见你保持着那个动作，我还以为你在想什么事情呢，结果半个小时过去了你还是保持着原先的动作，连动都没动一下。”殷筱筱坐在一旁的空位上一脸好奇地看着夏默然。

夏默然被殷筱筱看得有些头皮发麻，她绕着脖子嘿嘿地傻笑了两声，“我原本是在想事情的，只不过后来给想睡着了。”

殷筱筱吞了吞自己的唾沫，望着夏默然好半天才说出一句话来：“我不得不承认你还真是个‘人才’，这样都能睡着，而且还睡得那样的沉。”

“这不都是我以往打工练出来的嘛，我站着也能睡着的。”夏默然说这话的时候声音里明显地有着得意。

“你就吹吧。”殷筱筱笑着推了推夏默然的胳膊，“对了，你昨晚去哪儿了，怎么都没有回宿舍呀，害我担心了你半天。”

“啊！”夏默然不好意思地吐吐舌头，她怎么把这事给忘了。不好意思地对殷筱筱笑笑，“其实吧，有件事我忘记跟你说了。我以前工作的餐馆里有人给我介绍工作，昨天我就是去看新工作的。”

“那你的新工作怎么样，应聘上了吗？”

“嗯，应聘上了。”夏默然点了点头，“那东家很好，环境、薪水都不错，工作也不多，整体来说都很好，除了有个令人抓狂的主人外。”夏默

然后面的那句话说得有些小声。

“啊，你说什么?”殷筱筱凑上脸去问，她有些没听清，谁叫夏默然越说越小声了呢，到最后倒像是自己在那里犯嘀咕。

“没……没什么啦，我就是想跟你说，我可能就不回宿舍住了。我工作的地方是包吃包住的，为了避免来回麻烦，所以我就不回宿舍住了，不过你放心，我一有空就会回来看你的。”

“啊！不住宿舍了呀，那宿舍里的东西你也都要搬走吗?”殷筱筱皱着眉头，显然对夏默然不回来住了有些不太高兴。

“你不要这样嘛，我们还是每天都能见面呀，我每天都要回学校上课的。至于宿舍里的东西就暂时不搬了，反正我住的地方什么都有，只需要拿几件衣服过去就可以了。况且，这份工作到底能做多久还不知道呢，搞不好我很快就又搬回来和你一起住了呢。”夏默然抓着殷筱筱的手，不知道是在给她安慰还是在给自己安慰。

“没关系啦，你既然出去工作那就好好地工作，可不许丢脸，我会给你加油的。”殷筱筱拍着夏默然的肩膀，满脸鼓励。

“嗯，我会加油的，一定不给你丢脸。”说着两人都哈哈地笑了起来。

夏默然觉得自己犯了一个错误，还是很大的一个错误。

她怎么会认为因为在学校肖韶炎就不会来找自己麻烦呢?虽然就在前几天肖韶炎还是见着她就四处乱躲的人，但是什么事情都是有意外的。比如现在，在夏默然和殷筱筱正聊得高兴的时候，一个不急不缓的声音从头顶传来。

“呵，来得还挺早吗。”

夏默然的整个身子一僵，她在心里暗骂自己是脑残，怎么把肖韶炎和自己是一个班这么重要的事情给忘记了。

肖韶炎倒是没有下一步的动作，唇角稍稍上扬，一转身，走了。

夏默然望着肖韶炎的背影半天没回过神来，他这是什么意思，就这样走了?可是为何她的心跳得那样快，有干了坏事被抓住的错觉?

“喂，你怎么了?”殷筱筱拿胳膊碰了碰一边的夏默然。

“啊?”夏默然这才回过头来，神情还有些恍惚，对着殷筱筱摇了摇头，“没……没什么。”

“得了，你就装吧，这还叫没什么，我又不是没看见。”殷筱筱夸张地叉开两指指了指自己的眼睛。随即又神神秘秘地靠近夏默然，一脸贼笑地说：“咱俩都这么熟了，你就跟我说实话吧，你跟肖韶炎是不是有什么进一步的发展了？前几天你不还满校园地追着他跑吗，怎么现在反而这表情了？有猫腻，肯定有猫腻。”

夏默然看着殷筱筱转得飞快的眼睛，扑哧一声就笑了出来，抬手在她的脑袋上一敲，“瞎想些什么呢，哪有你说的这般那般，我跟他什么也没有。就是出了点小摩擦而已，不过你这一说倒是提醒了我一件事情。”

“什么事情?”殷筱筱一脸的好奇。

“我的箱子呀。”

夏默然也在这时候才突然想起自己箱子的事，她这几天是真的忙晕了，忙得都快把这么重要的事情给忘了。现在想想，这不是老天给她的好机会吗。前段时间她还在为生活费和找箱子的事情烦恼，现在她的生活费有着落了，还能这样近距离地接近肖韶炎。这一次看他还能怎么躲，他再怎么躲，家总是要回的吧。正所谓跑得了和尚跑不了庙，这样好的事情她怎么到现在才意识到呢。

看来她这颗脑子还真成榆木了。

夏默然这样一想，整个人便豁然开朗了，工作她是铁定不会再辞了，就算要辞职那也得等她先拿回自己的东西再走。至于先前对肖韶炎的害怕也在一瞬间没有了，大不了就再跟他对干一场呗。她可没有怕他，虽然她的工作都掌握在肖韶炎的手里，那她以后就稍稍地让着他一点好了。

夏默然越想越觉得留在肖家是很可行的，稍稍偏转脑袋，视线落在了肖韶炎所在的位置上，唇角划过一抹奸笑。

正和同学聊天的肖韶炎突然有种后背生凉的感觉。

中午休息时间，夏默然坐在树下的凉椅上小眯了一会儿。风有些凉，吹得很是舒服。恍惚间她好像听到身旁有一个别样的声音。夏默然缓慢地睁开眼，头一偏才发现原来自己身旁正坐着一个人。

“我把你吵醒了？”路黎析看着她唇角轻扬。

夏默然呆愣了两秒，模糊的思绪渐渐回笼，这才缓慢地开口：“我好像有听见金属的声音。”

路黎析调整了一下自己的坐姿，一只手拽起自己的外套衣角，“可能是这拉链撞到了椅子上的声音。”

夏默然这才看见那质地很好、晃着金属光亮的拉链头。

“这里看着挺不错的，倒是适合睡午觉。”路黎析靠在椅背上，仰着头不知道在看些什么，声音有些慵懒。

“是呀，其实这学校挺不错的，就是贵了点。”夏默然忍不住发出一句感慨。

路黎析坐直身子，看着她：“你还在打工吗？”

“打呀，我这种人，不打工要怎么生活。怎么突然问这个？”夏默然眼里闪着迷茫。

“没有，就是昨天路过你打工的那家馆子，见你不在，所以有些好奇。”

“噢，那是因为我换新工作了，老板娘见我要念书，在馆子里帮忙又比较累，所以就给我介绍了一份相对轻松一点的工作，工资也不错，所以我就跳槽了。”夏默然转过脑袋看着身旁的路黎析，心里想着要告诉他自己其实在肖韶炎家做佣人吗？看了半晌，夏默然还是决定不要说的好，实在是没有那个必要。

路黎析点着头，“这样挺好的，我也正想着馆子里帮忙实在是太累了的话我就给你介绍个轻松的活儿。”

“那真是谢谢你了，要是哪天我不干现在的工作了，被老板给炒了，我就来投奔你。”

“随时欢迎。”

两人相视一笑，没有再说话，夏默然拿胳膊枕着头，望着碧蓝的天空，细碎的刘海儿随风轻扬。

Three

这一整天算是过得相安无事，下课铃声一拉响夏默然便松了一口气，一整天提着的心总算是给放下了。

为何要担心，连夏默然自己也搞不明白。不就是给肖韶炎家里做帮佣嘛，有什么不可见人的。夏默然前思后想，最终得出一个结论：她不是觉得自己的工作丢脸，而是不想和肖韶炎有多大的牵连。前段时间她是追着肖韶炎跑，弄得满城风雨，但是如果有选择，她绝对会是那个能离他多远就闪多远的人。

一下课欧阳瑞卿就出现在了高二 5 班的教室门口，肖韶炎见到他匆匆忙忙地说了句："等下，我马上就好。"

欧阳瑞卿笑，"不急，你慢慢来。"说着就走了进来，靠坐在第一排的一张课桌上，转头看向正在不急不缓地收拾着东西的夏默然，说："默然我们要出去玩，你去么？"

显然夏默然没料到欧阳瑞卿会同自己说话，她有些茫然地抬起头，与欧阳瑞卿对视两秒，然后像拨浪鼓般摇着头："不了，你们去吧，我待会儿还有事。"

这话刚落，肖韶炎已经收拾好走到了欧阳瑞卿的身边，他拍了拍欧阳瑞卿的肩膀，"走吧，叫她干吗？咱玩的她又不会，去了也只是扫兴。"

"我现在终于理解到一句话的深刻含义了。"夏默然长叹一声。

此时教室里只剩下了四个人，殷筱筱站在一边等夏默然。本来要走出教室门的两人突然又好奇地回过头来。

"什么话？"开口的是殷筱筱，本来准备直接做个隐形人的殷筱筱实在是没忍住，一旁的肖韶炎本来也想问，但殷筱筱已经抢先自己一步，他也就跟着一起看向了夏默然，等待着她的解答。

"就是'狗嘴里吐不出象牙'呀！"夏默然的声音有些轻快。

三人皆是一愣，最终还是欧阳瑞卿先扑哧一声笑了出来。肖韶炎气得涨红了脸，指着夏默然："你这个，你……"最终你了半天没你出来。

殷筱筱反应得极慢，等她想笑的时候，看见一脸阴郁的肖韶炎，还是怯于他的威严，硬是把想笑的情绪给忍了下来。

最后还是欧阳瑞卿把肖韶炎给拉走了。

"你真勇敢。"走在教学楼下的长廊上，殷筱筱忍不住对夏默然说。想想先前肖韶炎的脸色，殷筱筱到现在还有些心有余悸。她很怕肖韶炎生起气来，那样的后果真是让人难以想象。

"那种自大又白目的沙文猪，明明自身就没有多少令人钦佩的地方，真不知道他的自信和那些追随者都是怎么来的！"夏默然摇首感叹。

"或许是你……呃……眼光独特……"考虑到自己随波逐流的大众感知，再看看现在夏默然对肖韶炎的评价，殷筱筱一边吞着唾沫，一边得出这个结论。

看看殷筱筱的表情，夏默然没有再说什么。她回到宿舍大致地收拾了一下，拿了些日用品和衣服。

殷筱筱坐在一边的床上看着夏默然忙碌的身影，闷闷地说："唉，以后就又剩我一个人了。"

"如果你觉得寂寞的话，就搬去和隔壁那个三班的女生住吧，我记得她也是一个人住的。"

殷筱筱两眼一翻，整个人朝着背后的床铺倒下去，"那还不如我一个人住呢，你又不是不知道隔壁那女生打呼噜，平时半夜醒来我都能听见。这还是隔着一堵墙的，你说要是什么都不隔，那还不跟打雷一样呀。那样晚上怎么睡得着。"

夏默然停下手上的动作，想想也是，那样估计连睡都不用睡了，"那你还是一个人吧，其实一个人挺好的，你看，空间都宽了点，你想干什么就干什么。再说了我也是要回来的，要不我偶尔回来陪你住住。"

"好呀，你打工也应该有休假的时候，那时候就回来陪陪我，就当做回娘家好了。"殷筱筱一下子从床上翻了起来。

夏默然顺手抄起床上的枕头就扔了过去，“回娘家，亏你想得出来。”

夏默然说完还忍不住地一阵恶寒，想想肖韶炎那张令人抓狂的脸，她是疯了才会跟他在一起。

殷筱筱接过枕头，一脸的坏笑，“你那么激动干吗，我只是打个比方而已。还是说这本身就有那啥，所以你才……”

虽说话只说了一半，但是见殷筱筱脸上的笑，夏默然又岂会不知道她话里的试探。

“你就别瞎想了，我只是去打工挣钱而已，况且你连我的东家是圆是扁都不知道，就会瞎幻想，言情小说看多了。”

“好吧，现实总是残酷的。”殷筱筱两手一摊，一副我明白的意思，“这又有钱又帅的白马王子哪是那么好找的，虽然说我们学校就有很多，但是这灰姑娘可不是谁都能做的，那可是建立在一定基础上的。”

“呵，想不到你还看得挺明白。”

“我这是接受现实。”殷筱筱又整个人倒在了床上，两眼望着雪白的天花板，“你说像我们这样的贫苦家庭的孩子，生活在这种贵族的学校里，谁不想做做灰姑娘的美梦呀。只是呀，这梦越做越容易让人看清现实的差距。”

“你那算什么贫苦家庭，你家已经算得上是小康了。”

“得，我不跟你比贫苦，可是在这学校里，我不得不承认我家还是只能列入贫苦行列。这大概就是所谓的人比人气死人。”

夏默然叹气，没有再说什么，实在是不知道要说些什么。这所学校虽然她来得时间不长，但是这里的风气和环境早在很久以前便如雷贯耳了。同时，夏默然的心里还生出了一个认知，那便是死活也不能让殷筱筱，不，是不能让学校里的任何一个人知道自己在肖韶炎家里做事。否则这本就零乱的日子，非弄得更加兵荒马乱不可。

夏默然提着包跟殷筱筱道了别就缓步朝着肖韶炎的家走了。她不想打车，所幸这一路上的风景也不错，那就走过去好了。

只是本来不太远的路，可真走起来又不是那么回事，夏默然一边数着

步子，一边无聊地踩着自己的影子。

两声长长的汽车喇叭声在夏默然的身边传来，她应声抬头朝着声音传来的方向看过去。一辆银白色的汽车驶在自己身边，夏默然本以为是自己挡住了去路，赶忙让了开来，才发现那辆车驶得很慢。正当她好奇的时候，驾驶座边的车窗缓慢地降了下来，从里面伸出一个脑袋来，说："默然，怎么在走路呢，上车吧，我载你回去。"

夏默然这才想起，这是肖韶炎家里的司机。

夏默然琢磨着要不要上去，但又怕肖韶炎坐在里面，只得先伸长脖子去看车后座还有没有坐着其他的人。只是这车子的玻璃实在是质量上等，不管你怎么看，好像都看不清楚里面的情景。夏默然只得放弃，犹豫着问了句："肖韶炎在里面吗?"

"哦，少爷呀，他有聚会。我在校门口等了一阵，接到他的电话说不用等了，他和欧阳少爷他们一起出去聚会了，晚上会有人送他回来的。"

夏默然点着头，这才想起下午的时候欧阳瑞卿和肖韶炎是说要出去玩的，望着停在自己脚边的汽车，想着虽然这里已经离家不远了，可是也总比她提着一大袋衣服自己走回去强，便打开车门进去了。

开车的司机姓刘，是个很热情的中年大叔，车子刚启动，司机大叔的话匣子便打开了。

"默然，你跟咱少爷是同班同学吧?"

"嗯。"夏默然坐在后座上点着头。

"少爷在学校里有很多女孩子追吧? 其实咱家少爷还是挺可爱的。"

司机大叔这话差点没让夏默然笑喷了出来，她两眼一翻，心里嚷着："我的天啦，想不到这个世界上竟然还有人夸赞肖韶炎那家伙可爱。"

司机大叔没得到夏默然的回应，心想着可能是她对自家少爷了解得还不是很多，便自顾自地又说了起来："我在肖家也做了十几年了，基本是看着韶炎少爷长大的。真的，他小的时候特别机灵可爱。可是夫人和先生都忙，而大少爷和少爷的年龄也相差甚远，那个时候大少爷在国外念书，便没有多少人管少爷，而我们这些做下人的自然不能对少爷进行管教，看

着没有什么亲人在身边也都由着他、宠着他。其实呀，你别看少爷表面上这么霸道，其实他本身是一个很可爱的孩子。”

司机大叔滔滔不绝的话令夏默然的眉头挑了又挑。

“跟你说件少爷的糗事吧，你看到少爷额头上的那条很浅的伤疤了吗?”

夏默然想也没想地摇了摇头，她和肖韶炎接触的并不多，哪有那个时间去研究那么细微的部分。再说都说很浅了，那如果不是近距离接触，应该也是不容易看见的。

“是爬树刮的吗?”夏默然觉得这个可能性很大，哪个调皮的小孩子不来点这样那样的事，爬树刮花摔伤那是常有的事。

“不是，四岁的时候被狗咬的。”

夏默然一脸的愕然，她实在是想不出来那是怎样的一幅情景，因此忍不住问：“你是说他的疤痕是在额头上?”

“对呀。”司机大叔一边点着头一边轻笑。

“那，被狗咬怎么会咬到额头上去?”夏默然脑子里出现一种情景，一个小孩和一只很大很大的狗。可是想想又不对，四岁的小孩也是有一米了，一米多高的狗那得是多大呀?再说了这狗咬人一般都是咬腿，怎么会咬到头上去呢?

“那是呀，因为少爷小时候贪玩，和别人玩躲猫猫。他自己藏的时候呢，没注意看周边的环境，就藏到藤蔓下绑着的狼狗身边去了。他蹲在那里，狼狗一低头就把他给咬了，就咬到了头上。”

夏默然扑哧一声笑了出来，“这……这也太有才了吧。”夏默然想想肖韶炎嚣张的样子，又想想一小孩躲猫猫躲到猎犬脚下却不自知的样子。实在是很难把两者联系起来，但是只要你联系起来了，又不得不承认那是一幅多么令人捧腹大笑的画面。

夏默然在心里暗自高兴，肖韶炎，这样的把柄抓在自己的手里，想想他抓狂的模样，她就满心欢畅。

这回还逮不到你……

Chapter 05 私人家教

One

那一整晚肖韶炎都没有回来，夏默然早早地就做完了手中的活，抱了本书坐在一棵大榕树下发呆。傍晚的光线并不怎么好，连夏默然自己都不知道自己抱着一本书是想要做些什么。说看吧，外面的光线实在是没有屋里的灯光强。夏默然觉得自己之所以抱着一本书出来那完全是出于一种习惯。看书已经是她生活中一个不可或缺的习惯，她始终坚信着那句老话：书中自有颜如玉，书中自有黄金屋。

由于夏默然坐的角落太偏僻，因此她并没有看见大宅里一时躁动的气氛。等夏默然估摸着时间回去的时候，那里早已经恢复了以往的平静。

晚上夏默然在厨房里帮忙，看见井婶反常地做了一大桌子的菜。井婶是肖家的厨娘，那厨艺好得足可以和五星级酒店里的大厨媲美。虽然夏默然是没有真正尝过五星级酒店里的饭菜，但是她就是觉得井婶的厨艺好到不行。

望着厨房里一阵忙碌的井婶，夏默然忍不住问：“井婶，肖韶炎晚上不是不回来吗，你做得这么丰富干吗?”

“因为桠炎少爷回来了呀。”井婶手里的动作一直没有停下，头也没抬地就回答了夏默然的问题。

“桠炎少爷。”夏默然小声地重复了一句，半晌才反应过来井婶口中的桠炎少爷是谁，“你是说肖韶炎的哥哥肖桠炎?”

“对呀，这个家就只有他们兄弟俩，先生和太太常年在国外，就只有桠炎少爷偶尔会回来。”

“噢，也就是说这个家其实常年也就只有肖韶炎一个主人在家?”

“是呀。”井婶叹气，“想想韶炎少爷也挺可怜的，这么大一个家也就只有他一个人在。虽然帮佣倒是不少，但是怎么说没有亲人在身边还是孤单呀，况且少爷还那么小。”

夏默然忍不住点了点头，听着井婶的话，她的心里突然没来由地一阵难受。对肖韶炎的讨厌也在瞬间去了一半，她突然觉得肖韶炎和自己一样，或许还没有自己幸福呢。至少在她的童年里，还有奶奶陪着她。而肖韶炎看似华丽的外表下其实藏着一颗孤独的心吧，所以才会用他的霸道来伪装自己。夏默然的心里突然间升起一股同情，她在心里对自己说着：那她就暂时不去跟他计较那么多。

对于那位肖桠炎，夏默然还是挺好奇的，她还记得上次在学校里看见的那座漂亮的大桥就是肖桠炎设计的。肖桠炎自己创办了公司，现在是晖宏集团的执行CEO，听说曾经在剑桥念桥梁建筑系，可是因为家族关系又改念了经济管理，拿了双硕士学位。那个整整比肖韶炎大了十二岁的哥哥，夏默然只在照片上见过，还是她打扫卫生的时候看见的。

那是一个很帅气的男生，眉眼间和肖韶炎有八分相似，听井婶说肖桠炎是个和肖韶炎性格完全不相同的人，也是唯一一个肖韶炎害怕的人。因此对于肖韶炎的这个哥哥，夏默然很是好奇，抱有极大的兴趣。

只是一直等到很晚肖桠炎都没有出现过，原因是肖桠炎刚回来没坐多久就接了个电话，然后便自己开车出去了，最后管家祥叔过来说少爷刚才打电话回来说晚上不回来了。夏默然听着这话有些遗憾，望着一桌子的菜皱起了眉，心里琢磨着：这得多少钱呀。虽说现在是住在同一个屋檐下，但是有钱人的生活还是令夏默然唏嘘万分。

没有什么事情，夏默然难得地睡了一个好觉，一大早起来简单地收拾了一下便去了学校。到教室的时候殷筱筱已经坐在教室里了，看见夏默然进来就兴奋地伸长了脖子，对夏默然说：“默然，你听说了么，昨天肖韶炎和路黎析打架了。”

正从书包里拿书的手一顿，夏默然有些错愕，转过头来看着殷筱筱，

半晌才说了一句："你说谁？"夏默然觉得自己应该是幻听吧，虽然自己同路黎析那个男生认识不是很久，但还是能够看得出来他其实是个很不错的男孩，也挺会为人处世的，怎么可能和肖韶炎打架呢？

"肖韶炎和路黎析呀，这会儿学校好多人都知道了呢！"殷筱筱一脸你不相信可以去问别人的表情。

"不用想也知道，肯定是肖韶炎先动的手。"夏默然一脸的肯定。

殷筱筱在一旁摊摊手，"这我就不清楚了，不过听说两人这会儿都在教导处呢。"

"教导处？"夏默然小声地低喃一句，也没在意。

上完了两堂课，夏默然突然觉得有些闷，课间操借故肚子疼没有参加。她独自一人沿着校园较偏僻的林荫道转悠了起来。夏默然走得很慢，也没注意身边的环境。突然一个尖锐的声音传入了她的耳里，她下意识地转头朝着声源看去。当看见人影的时候她还是片刻间呆愣了一下，她没想到那两人还是自己认识的人——颜怜菡和路黎析。

隔得有些远，夏默然听不见他们在说什么，她想刚才那个尖锐的声音应该是颜怜菡一时激动叫出来的。夏默然看见颜怜菡的双手抓着路黎析的手，她看见路黎析的脸色好像不是很好。夏默然不知道自己是运气好还是不好，这样的画面也能让自己碰见，秉承非礼勿视的原则，夏默然还是快速地转身决定离开这个是非之地。

逛校园的心情被一扫而空，她还是决定回教室，反正离下堂课上课的时间也不多了，走回去差不多刚刚好。

从教学楼最左侧的楼梯上去，走到二楼的时候，发现楼梯拐角处摆着一个大大的牌子，写着：楼上维修，请绕道而行。夏默然这才想起早上来学校的时候听见广播里通知说三楼最左侧的多媒体教室在搞维修，今天所有的多媒体课暂停。

夏默然耸耸肩，只得从二楼转弯，直走到最右边的楼梯再上去回自己的教室。夏默然一边走一边看着每个门口处钉的矩形门牌，到教导处的时候夏默然忍不住转头朝里面看了下。本以为里面早已经没有人了，却没想

到看见了肖韶炎。

路黎析都出去了，为何肖韶炎还站在办公室里？夏默然有些错愕，但也坚定了自己先前的想法，看来真的是肖韶炎先动的手，想想以他的脾气也不是不可能。就在夏默然在门口伫立的几秒钟时间里，肖韶炎也转过头来看见了她。两人的视线在空中交汇，肖韶炎的眉头不自觉地皱成了一团，眯着眼睛看了夏默然两眼又转过了头去，那动作极度傲慢。

“活该。”要不是看自己站在教导处门口，夏默然真想大声地对肖韶炎说出这两个字。不过夏默然还是有些不解，以她对肖韶炎的了解，他怎么会乖乖地站在这里呢？

正当夏默然不解的时候，远处传来细碎的脚步声。夏默然本以为是路过的学生也没注意，但此刻，从夏默然的头顶传来一个低沉的声音：“麻烦你，请让一下。”

夏默然下意识地后退一步，这才抬起头来，有两个人站在她面前，最前面的那个她看着有几分眼熟，等到那人已经绕过她走进了办公室她才回过神来。夏默然望着那道背影，“肖桠炎”三个字冒出自己的脑袋。

夏默然往回走的速度很慢，走到第二扇窗户前的时候忍不住停下了自己的步子，转头向着办公室里看去。她看见肖桠炎好像在跟肖韶炎说着什么，肖韶炎的脑袋低得很低，一副乖乖的样子。如果不是上课铃声响得太快，夏默然真想再好好地看看。

她从来都不是一个好管闲事的人，却第一次升起了好奇心。尽管这样夏默然还是快步离开了，毕竟再不快走她是真的要迟到了，她这个优等生可不能赶在老师后才走进教室。

一整堂的课肖韶炎都没有回来，夏默然想着他可能是被他哥哥体罚去了。一想到那画面，夏默然就乐，仿佛是自己扬眉吐气了一般。

Two

午休的时候夏默然去找了路黎析，她本身没有什么八卦的因子，只是想去看看他受伤了没。夏默然在去的路上忍不住在心里比较着，路黎析和

肖韶炎打架究竟是谁厉害一点。对于路黎析她了解得不深，但是从仅有的接触来看，那个男生应该也弱不到哪里去，尽管这样夏默然还是可以肯定路黎析是打不过肖韶炎的。

就说肖韶炎那脾气，那要拽上天的样子，就不是一般人能够比的！

夏默然是在那座很漂亮的大桥上看到路黎析的，此时他的身子正慵懒地斜靠在桥的围栏上。仿佛察觉到了有人走近，路黎析瞬间转过头来，在看到夏默然的时候报以微笑。

夏默然走上前去，在路黎析身边站定，然后学着他用同样的方式依着栏杆看着远方。微风有点凉，吹得夏默然额前的刘海儿一阵飘荡。

“肖韶炎打你了吗？”半晌还是夏默然先开了口。

路黎析不说话，只是转过头看着她。一直看了好半晌才又转过了头看向远方，淡淡地说了句：“怎么突然问这个？”

“早上听同学说你们打架了，所以想来看看你究竟怎么样了，有没有受伤。”

“你是觉得我打不过肖韶炎？”路黎析脸上一直保持着微笑，侧着身子，转过头来看向一旁的夏默然。

“也不是。”夏默然笑，一时之间不知道应该说些什么好。

“其实我跟肖韶炎两人从小到大没少打过架。”

路黎析的声音有些轻，夏默然看向他，没说什么，其实到现在为止她也不清楚路黎析和肖韶炎两人究竟是什么关系。像朋友，还一起出去玩，但是看着又不那么友好；像敌人吧，可路黎析说起肖韶炎的时候正常得就像是在说一个很久不见的朋友。

夏默然窘迫，她突然觉得男孩子之间的情谊有时候比女孩子的更是让人琢磨不透。

“默然，我可以理解成，你在担心我吗？”路黎析突然转过身来这样说。

夏默然整个人一愣，抬起头看向路黎析，两人四目相对，目光在空中交汇。路黎析的眸子很深邃，夏默然看不透彻。可那双眸子就像是施了魔

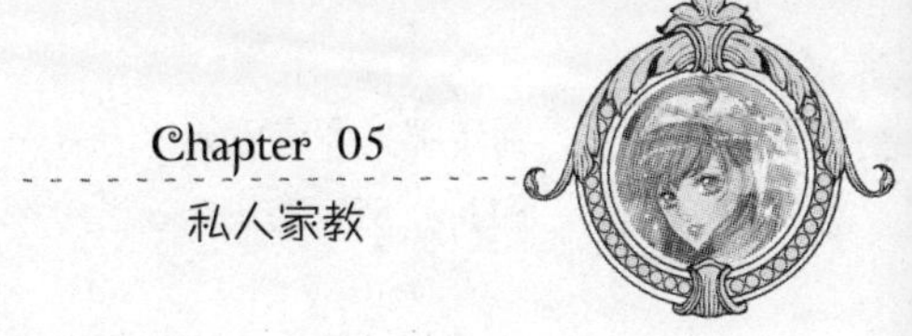

法般，你一时不慎就会迷失在里面。夏默然急忙地转过眼去，丢下一句："我要回去上课了，你没事就好。"便匆忙地离开了，一边走还忍不住拿手拍了拍自己的胸口，微喘着粗气。

"真是活见鬼了，啊！醒醒，醒醒。"夏默然拍着自己的脸蛋，一边朝着教学楼的方向走，一边小声地低喃："不会是被美色所迷吧？"

路黎析一直望着夏默然的背影，唇角不自觉地上扬："真是一个有趣的女孩子！"

一个下午相安无事，肖韶炎也一直没有回来过，直到放学。夏默然独自一人回了家，走在路上的时候她还在琢磨着肖韶炎大概又去什么朋友家了，却没想到在走进肖家别墅的时候看见肖韶炎正站在客厅里。一旁的沙发上坐在肖韶炎的哥哥肖桠炎，从他的脸上看不出什么过多的表情，当然也是夏默然根本就没有那个胆子敢直视。匆忙地唤了一声："少爷。"夏默然便转身离开了。

也不知道是不是自己的错觉，离开的时候夏默然总觉得被肖韶炎狠狠地瞪了一眼，但是即便这样她还是没有那个勇气回头去看一眼。

夏默然走得很慢，她很清晰地听见身后传来的肖桠炎训斥肖韶炎的声音："肖韶炎你的本事还真是越来越大了，你就不能消停两天吗？你倒是跟我说说这次打架又是怎么一回事，你是不是觉得真没有人管得了你了……"

夏默然虽然走得慢但是终究有走远的时候，虽然她一直在心里告诫着自己非礼勿视非礼勿听的，但是能看见肖韶炎受训的样子，夏默然还真的很是高兴。尤其是在没有听见肖韶炎一句反驳的话的时候，夏默然对肖桠炎的崇拜瞬间达到了顶点。

把包拿到卧室里放下，夏默然换了件衣服就去干自己的活了。因为祥叔说了早上她要上课不用她做事，因此她现在最主要的便是晚上给井婶打打下手，或者哪里有事叫她她就去。整体来说都是比较轻松的。

吃过晚饭后，夏默然正趴在自己房间里的床上翻着白天从殷筱筱那里借来的漫画。突然井婶敲门进来说大少爷要她去书房。

夏默然有片刻的惊讶，嘴巴张得老大，她就那样直直地望着井婶，半晌才说了一句话，“你说什么?”

“大少爷让你去书房，你还愣着干什么，赶快起来呀。”井婶一边说一边走了过来，抓着夏默然的胳膊往上拉。

夏默然慢悠悠地从床上爬了起来，整理了下自己的衣服，脑子里却转得飞快，可是依旧没有想出个所以然来。只得又问：“大少爷找我什么事呀?”

本来还以为井婶会知道点什么，谁知井婶直接以摇头来代替了回答。

夏默然无语，只得耷拉着脑袋朝着书房走去，一路上，夏默然试想了很多种可能。她觉得最大的可能便是少爷见她在家干得事情太过轻松了，还拿那么高的工资，应该是说扣工资这事吧。扣就扣吧，反正她也觉得拿的钱和自己干的活不成正比，而且还提供这么好的住处。

井婶只把她送到了门口，便离开了，夏默然看着井婶的身影越走越远，又看看眼前这紧闭的大门，犹豫了半晌还是抬起手来敲响了房门。

“请进。”声音有些低沉，听在夏默然的耳里还是让人舒心。

深呼吸一口气，夏默然推开了房门。

书房里，肖桠炎正坐在书桌前，埋头看着什么，听见推门声，便放下手中的东西抬起了头来。夏默然见肖桠炎看见了自己，忙恭敬地唤了声：“大少爷。”

“请坐。”肖韶炎指了指自己书桌对面的椅子。

夏默然走过去坐下，眼睛微抬，不经意地扫到了肖桠炎放下的文件。尽管只有一眼，夏默然还是看见了那是自己的入学资料。夏默然有些愕然，但是还是没有开口，只是把事情压在了自己的心里。

夏默然一系列的表情当然没能逃过肖桠炎的眼睛，他只是轻笑一下，才缓慢地开了口，“我看过你的入学资料，你很优秀。”

夏默然没想到肖桠炎说的第一句会是这个，有些讶然，不知道该如何反应，只得悻悻然地冲着肖桠炎报以微笑。

“我也不跟你拐弯抹角了，我就直说了吧，我想请你做韶炎的家教。”

低沉浑厚的嗓音回荡在空中。

这话夏默然半晌没反应过来，她一度告诉自己一定是幻听了。

“不要怀疑，我说的是真的。”出其不意的，肖桠炎又开了口。

“我觉得我没有这个能力，况且你完全可以请一个很优秀的老师来做肖韶炎的家教，我相信那些老师会比我有能力得多，而且也对肖韶炎的学习会有更大帮助。”夏默然虽然有些意外，还是中肯地给了自己的意见，毕竟自己有几斤几两重她还是有数的。再说了以肖韶炎这样的家庭，要请个什么样的辅导老师不行。

“我相信我自己的眼光，还是说你对你自己没有信心?”肖桠炎的声音很淡，他两眼看着夏默然，看似平静，可夏默然还是有一种倍受压力的感觉。

“我，我能问一下为什么吗?”

“这样说吧，我是认为你和韶炎同班且年龄也差不多，沟通起来会比较容易也没有代沟，况且你们现在也住在一个屋檐下，沟通起来也比较方便，磨合起来也容易。我给你比现在多一倍的工资，你以后都不用再做家务，你只需要晚上负责帮韶炎复习功课就行。”

夏默然听着还是有些心动的，毕竟她不可能一直待在肖韶炎的家里做帮佣，总有一天还是会离开的，她得为以后念大学存点学费，而肖桠炎所开的价钱对她来说无疑是一个天文数字。要是走出去，她也不可能再找到比这个更好的工作了。可是一想到肖韶炎，夏默然又忍不住皱起了眉来，“肖韶炎他不一定会听我的。”

“韶炎那孩子是比较难管教一点，这样，我会跟韶炎谈谈，你只需要尽你最大的努力就好。”

肖桠炎这样说，无疑是给了夏默然一剂定心丸，她牙齿一咬，点着脑袋说：“行，我试试吧。”

夏默然走出书房回自己的卧室，刚要开自己卧室的门就看见从拐弯处走出来一个人，那人双手插在裤兜里，头发有些凌乱，像是刚洗过还没有吹干一样，身上穿着一件宽松的纯棉 T 恤。

肖韶炎！

夏默然没想到会在这里遇见他。

肖韶炎像是早就在这里等她了似的，两人四目相对，夏默然本想问他找她干什么的。但又想想搞不好她说了后肖韶炎直接说："谁找你了，我只是随便走走，这是我家。"夏默然这样一想还是觉得什么都不说最好，乖乖闭嘴。

夏默然在原地站了大概有三十秒的时间，没见肖韶炎有什么过多的反应，便打算直接开门自己进屋去了，不陪他在这儿装沉默了。夏默然握着门把的手一动，还没来得及推门，就听见站在不远处的肖韶炎说："喂，你是不是打我小报告了？"

夏默然翻着白眼，连头也不想回，她在心里跟自己说：不用搭理他，进屋睡觉。可肖韶炎就是不给夏默然进屋的机会，直接一把拽住了她，"我问你话呢。"

夏默然使劲挣扎了两下，没挣脱肖韶炎的手便也不再做无谓挣扎，只是转过头去看着肖韶炎，"放开。"

"你先回答我的问题。"

"你放开我就回答。"

肖韶炎松开抓着夏默然的手，"说吧。"他整个人斜靠在墙上，一副懒散样。

"我才没有你那么无聊。"夏默然丢下这句话就推开了门。

才走了一步就又被肖韶炎抓住了手臂，"什么意思？"

"你平时不是挺聪明的吗？我说我才没有那么多时间去说你的事情，我们又不熟。"

"那你在我哥书房干吗？"

"这个，你应该去问你哥。"这次肖韶炎抓得不紧，夏默然甩开肖韶炎的手走进自己的屋子并关上了门。

肖韶炎望着面前紧闭的房门眉头皱成了一团，半晌后才朝着门怒吼了一句："喂，我可是你的衣食父母，这可是我家，你只是我家的佣人，你

竟然敢摔我的门。”

不过最终肖韶炎还是去书房见了肖桠炎，他本来是不想去的，但是祥叔过来跟他说肖桠炎找他。

对于这个哥哥，肖韶炎一半的尊重，一半的惧怕。他的父母很忙，常年在国外，哥哥大他十几岁，他还记得小时候有一半的家长会都是哥哥去参加的。而每一次的后果则是自己被拉进书房狠狠地教育一顿，因此在面对肖桠炎的时候他都比在外面要乖巧许多。

肖韶炎走进书房的时候肖桠炎正背对他站在落地窗前，没有要转过身来的意思。肖韶炎看着他哥的背直翻白眼，但是又不敢自行出去，只得乖乖地开口唤他：“哥，你怎么会突然回来?”

“我回来开个研讨会，也顺便看看你。”肖桠炎这才转过身来，斜倚着玻璃看着自家弟弟。

“那你叫我有什么事?”肖韶炎觉得从小到大他都没估摸清楚自家大哥的脾性。但是有一点他还是可以很肯定的，那就是危机意识，他相信男人也有第六感，尤其是他在面对他家大哥的时候越发的灵验。

“我看了你的成绩单，我给你请了个私人家教。”

“噢，这次又是哪位名师或专家?”听到这话肖韶炎轻轻地松了口气，家教这东西他又不是没有过，以前有过几个，可是没有一个能待得长远的。只要他哥前脚一走，他立马后脚就能把家教气得自动离职，毕竟这之后的事情都是他说了算。

“这次这个你认识，估计已经比较熟了。”

“谁?”

“夏默然。”

空气里一阵静默，肖韶炎觉得自己是幻听了。

“不用怀疑，就是你听见的那个。”笃定的声音再一次回荡在空气里。

“哥，你在开玩笑吧，就她那样还能做家教，你这不是害我吗?”

“至少她的成绩比你好，你们同龄，交流起来也容易。”

“我不要。”

“这是我的决定，否则你明天就和我一起回美国去，我亲自教你。”

Three

不算选择的选择题，肖韶炎只得无力地接受这个结果，不过后来回去一想，自家大哥明天就走了，听不听这回事还不是自己说了算。这样一想也就不把这事当回事了。

第二日上课，肖韶炎和夏默然两人同前段日子一样，谁也不理会谁，形同路人。

下午回家，肖韶炎准备换件衣服出去的，却没想到竟然在家里看见了自家哥哥大咧咧地坐在沙发上翻着报纸。

“哥，你不是说要回美国吗，怎么还在家里？”肖韶炎突然有一股很不好的预感。

“今天回来得挺早，比我想象中好，你换了一个新家教，我打算留在家里先观察两天。”肖桠炎合上报纸抬起头说。

伴随着说话声，夏默然也刚好走了进来。肖桠炎看了一眼夏默然，然后对站在一旁的祥叔说：“今后跟司机说接默然和韶炎一起回来。”

“我不要。”肖韶炎不满地直嚷嚷。

“这是我的决定，就这么办。”

“哥……”

“我相信你们会磨合得很好，怎么连我的眼光也不相信？”

肖韶炎很想说不相信的，但是碍于哥哥的威严，终究没有说出来。其实不相信也是有道理的，他把以往的家教气走的也不是一个两个了，现在这个夏默然，对他来说简直就是小菜一碟。

“行了，你们去复习功课吧，还有，我会不定时过来查看的。”

肖桠炎的一句话让肖韶炎很不高兴地皱起了眉，但是碍于肖桠炎的威严，还是一句话也没有说，只是有些气急地率先走了进去。夏默然跟肖桠炎打了声招呼也跟在肖韶炎的身后进去了，虽然她很不喜欢肖韶炎的态度，但是既然她答应了肖桠炎，接了这个工作，她就会尽心尽力地做下去。

肖韶炎先是回了自己的房间，夏默然没有跟进去，只是站在门口。一直等了十几分钟都没有任何反应，她便抬手敲响了房门。刚开始没有人回应，夏默然也不放弃，一直不停地有规律地敲着门。终于不到三分钟门被肖韶炎怒气冲冲地打开了，在看见门口的夏默然时恼怒地开了口："你怎么还在这里?"

"我来帮你补习功课。"夏默然也不恼，看见越是气急的肖韶炎，她反而显得越是平静。

"我不需要。"

"那我去告诉柾炎少爷。"夏默然说着就要转身离开。却被肖韶炎眼疾手快地给拉进了自己房间里。

"夏默然你别得寸进尺。"肖韶炎一只手把夏默然禁锢在自己和门板之间，睁大眼睛瞪着夏默然。

"我只是做我分内的事，我既然收了钱接了这份工作，我就会认真地做完。"夏默然也不惧怕，直接地回了过去。

两人四目相对，目光在空气里厮杀，肖韶炎放下自己的手后退一步，"你要钱是不? 我可以给你，你开个价。"

"你们有钱人是不是都这样说话? 肖韶炎我告诉你，不是每个人都像你那样没有原则。"

肖韶炎看着一脸愤慨的夏默然，突然一下子就笑了，"行了，你别装了，再冠冕堂皇不也是为了钱嘛!"

夏默然努力地微笑，告诉自己不要生气，尽管这样她还是忍不住对着肖韶炎咆哮道："是，我承认我是喜欢钱，可我不偷不抢，我靠我的双手挣钱，我碍着谁了? 反而像你这种米虫，除了会伸手向父母要钱外，除了吃喝玩乐你还会些什么? 比起你们这些少爷小姐，我觉得自己并不比你们差。我最多比不过的，就是没你这样的出身而已。"

夏默然说完就直接转身拉开门走了出去，留下满脸惊愕的肖韶炎站在原地。

而这一切都被站在拐角处双手环胸靠着墙壁的肖桠炎看在了眼里，房间的隔音效果很好，他虽然不知道那两个孩子究竟在屋子里说了些什么。但是看到夏默然满是怒气的脸和门内满脸错愕的肖韶炎的脸，肖桠炎忍不住笑了起来。他直起腰，朝着自己的房间走去，或许这一次他真的可以稍稍地放下心了。

或许等他下次回来，真能看见一个很不一样的肖韶炎呢！

第二天早上，肖韶炎早早地就去了学校，一个人坐在老旧的音乐教室里弹钢琴，路过那儿的欧阳瑞卿听到断断续续的钢琴声忍不住敲门走了进去。

“我还以为是谁在这里呢，没想到真是你，我说一大早的，你在这里做什么呢?”欧阳瑞卿走到肖韶炎的身边，一只手搭在钢琴上。

“别提了，我都快烦死了。”肖韶炎按着琴键的手按重了一下，两个刺耳的单音回荡在空气里。

“怎么了？说来听听，看看我能不能帮上什么忙。”欧阳瑞卿一脸的好奇。

“这忙你是肯定帮不上的。”

“你倒是先说说呀，帮不上我也可以给你出出主意，就当纯属发泄呗，老憋在心里也不好。”欧阳瑞卿一脸的淡笑，他很想知道究竟是怎么一回事。

“还不是那个夏默然，我觉得吧，我跟她八字不合，犯冲。”肖韶炎稍稍侧着身子，看向一旁的欧阳瑞卿。

欧阳瑞卿的眉头上挑，“她怎么你了？这几天不是好好的吗，风平浪静的，她也没追着你满校园跑了，还有什么值得烦的。”

肖韶炎望着欧阳瑞卿，半晌还是摇了摇头，他觉得这事太过丢人，还是不要说的好，“算了，也不是什么大事，我能搞得定。”

欧阳瑞卿虽然很想知道，但是看见肖韶炎一脸不愿意说的样子也就没有再追问了。眼珠一转，换了个话题：“那天你跟路黎析打架了?”

“嗯，打了。”肖韶炎也不否认，反正这事估计全校也差不多都知道了。

“真难以想象，路黎析竟然也会跟你打架。”欧阳瑞卿低喃。

可肖韶炎一听不高兴了，“喂，你这什么意思呀，什么叫做他也会跟我打架，他跟我打架又不是一回两回了。”

“那不都是小时候的事了吗，这都好几年你们没打架了，究竟出什么事了呀?”对于这件事情欧阳瑞卿也好奇，看来最近他真的是太无聊了。

“没什么事，我就想揍他。”肖韶炎懒懒地说。

欧阳瑞卿大囧，好吧，看来也有比他更无聊的人。

“我觉得最近好闷噢，要不咱们放学后去打台球吧。”欧阳瑞卿在教室里转着圈圈，一边走一边叹气。

肖韶炎转眼看向窗外，屋外靠墙的地方不知道什么时候移了一株蔷薇过来，开得正盛，娇艳欲滴的花瓣在清风中摇曳着。这让肖韶炎突然想到自家的花园里也种着这样的蔷薇，早上出门的时候他正好瞥见夏默然拿着水壶在给花浇水。他不知道她是什么时候起来的，但是看着她围着围裙，一点也不急着去学校的悠然样子，肖韶炎就恨得牙痒痒。她怎么可以那样一副享受的样子，那么肆无忌惮，还是在他家里。

肖韶炎一想到这儿，原本好了一点的脸色顷刻间又拉了下来，看得一旁的欧阳瑞卿一脸的莫名其妙。

肖韶炎在心里暗自咬牙，他一定要让夏默然知道，她在谁的地盘上。她要做他的家教是吧?那他就好好地让她尝尝做他的家教的滋味，只要他哥一走，看她还找谁告状去?

放学后欧阳瑞卿苦口婆心地教唆肖韶炎出去玩，硬是被肖韶炎给拒绝了，没办法，谁叫肖桠炎还在家呢。为了不再被好好地教训，他还是决定暂时做个乖孩子。

肖韶炎跟欧阳瑞卿说了会儿话才离开的，那时教室里已经基本没有人了。司机在门外等，夏默然早就回家了，肖韶炎也乐得轻松，不用和夏默然一起回家他还是很高兴的。可是天有不测风云，他才得瑟了没多久，司

机便把车子停了下来。

肖韶炎问："怎么突然停下来了，车抛锚了吗?"

司机笑笑说："没有，少爷，我看见默然了，就停下来想叫她一起上车。你忘了？桠炎少爷说以后上下学都让你们两个一起的，下午我没在门口看见默然，没想到她已经先走了。"

肖韶炎无语，翻着白眼不知道要说些什么，他想叫司机直接开走不用等了，但是又怕回去了被自家老哥训，只得无奈地等着夏默然上车。

夏默然本也不想和肖韶炎一块儿，但是这司机也太过热情了些，推脱不了就只得上了车。车上两人起先都不搭理对方，肖韶炎突然想到一件事，便转头对坐在自己身边的夏默然说："我不希望学校的同学知道你给我补习的事，不对，连你在我家工作的事我都不想让别人知道，但是为了不被我哥挂念，你以后放学就先走吧，在中途再上车，就像今天这样。"

夏默然转头看向肖韶炎，她很想说："你以为我喜欢和你同车呀。"但是碍于司机大叔在也不好和肖韶炎当面争吵，也就"嗯"地轻微发出了一声鼻音。

协议算是达成了，两人没有再交谈。一人脑袋偏左，一人脑袋偏右，摇下车窗，望着外面一晃而过的景物，各自满怀心事……

Chapter 06

流言再起

One

到了家，肖韶炎径直回了自己的房间，夏默然也是如此。不过二十分钟后夏默然抱着一叠习题来到了肖韶炎的卧室门口，轻轻地敲了两下。

没两秒房门就被肖韶炎打开了，看着站在门外的夏默然愣了两秒，末了才说了句："进来吧。"

看着侧着身子给自己让路的肖韶炎，夏默然有瞬间的不适应，"不去书房吗？"她还是忍不住问了一句。

"书房或许我哥在用。"肖韶炎耸耸肩。

夏默然觉得现在的肖韶炎有些反常，先前不是还反应很强烈吗，现下怎么就突然一百八十度大转弯了？尽管这样，夏默然还是进了肖韶炎的房间，反正在哪里都一样，这是她目前的工作。

"我们从哪一科开始？"夏默然把书放在肖韶炎的书桌上，转头问站在自己身后数步之遥的肖韶炎。

肖韶炎望着那厚厚一叠的书挑了挑眉，双手插在裤兜里走了过来，"随便吧。"

"那今天就先测试一下你目前的程度吧，我好制订计划。"夏默然抽出一张纸来，那上面是她白天上课的时候列的一张综合性试卷，上面每一科的题都有。

肖韶炎伸手接过，展开那张 A2 的纸，上面密密麻麻地写着试题。

"这么多？"

"一共九科，每一科两道题，其实并不多，给你九十分钟可以吗？"

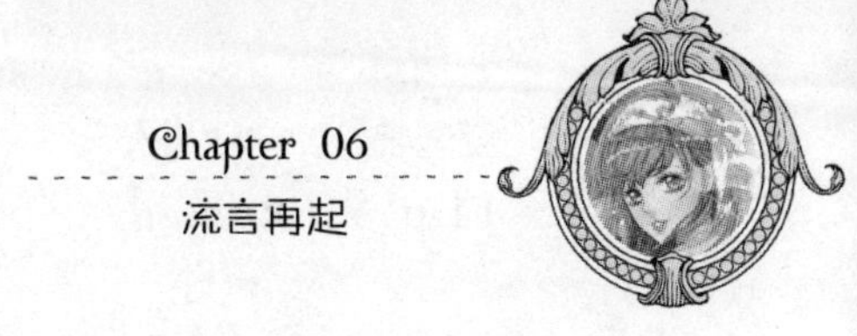

肖韶炎耸耸肩。

夏默然打量起了这个房间，肖韶炎的卧室很大，足足是目前夏默然睡的房间的两倍多。夏默然一直觉得自己的房间已经够大了，却没想到肖韶炎的房间竟然如此之大，上一次因为生着气也没有好好地看。现在认真地打量起来才发现这间房的格局很好，有点淡蓝色的冷色调，却给人很舒服的感觉。

屋子里有一大片的落地窗，挂着弧形的素色窗帘。夏默然突然想到自己在花园浇花的时候，常常抬头就能看见二楼一间屋子里的窗帘，那时候她一直琢磨着那应该是一间会客厅或者其他什么大一点的地方吧，没想到竟然会是肖韶炎的房间。

肖韶炎的房间一角放着一盆很有艺术气息的盆栽，整个造型螺旋体盘转，很有意思。夏默然可以肯定那是一盆活生生的绿色盆栽，但是究竟是什么植物，夏默然却叫不出名字来。

肖韶炎的房间里有一段小小的台阶，只有三格，但是却像是把房间分成了两部分。上面一部分摆放着一张很大的床，以夏默然的目测，在那上面躺上四五个人应该是没有问题，当然前提是不是很胖的那种。

床和衣橱之类的放在上面，台阶下放着书桌之类的东西，虽然是在一个空间里，给人的感觉却是隔开的。

“我不习惯有人站在这里看着我做题。”肖韶炎的声音打断了正上下打量着这间屋子的夏默然。

夏默然一愣，随即明白过来，对着肖韶炎说：“那我可以出去，一个半小时后我再进来。”说完夏默然便走了出去。

肖韶炎站在原地，看看夏默然又看看手中的纸，虽然他很不想写，但是还是不得不认命。想想自家大哥那张深沉的脸，肖韶炎还是决定先应付过去再说。

虽然肖桠炎有说夏默然不用再做别的活，但是夏默然觉得自己拿的报酬实在是太多，虽然她知道那在肖家不过就是九牛一毛不值一提，但夏默然仍然不放弃自己的原则，在空闲的时候帮着其他保姆做活。再说她也已

经习惯了和井婶她们一起做事，那样就像是一家人一样。

时间过得飞快，当夏默然敲开肖韶炎的房门的时候，肖韶炎已经打开笔记本电脑玩着游戏了。夏默然看了他一眼，没说什么，直接走到书桌旁，拿起了放在一边的那张试题。当看见上面密密麻麻被涂黑的空白处时还是忍不住笑了出来，比夏默然想象中的好，至少肖韶炎是把整张试题答完了。

“我已经按照你的要求做完了，你不可以在我哥面前告状。”

夏默然不语，认真地检查着试题。良久才抬起头来说了句：“你英文很好。”

肖韶炎轻哼，他虽然不是出生在国外，但是每年少说也会出国很多次，甚至是在国外住上一段时间，“没有人告诉你我会六个国家的语言吗?”

夏默然摇头：“没有人告诉我。”

肖韶炎轻哼一声，不再说话，继续玩自己的游戏。

夏默然则继续看试题，“但是你的生物、物理和历史就不怎么样了。”

肖韶炎继续不予理会，直接彻底地忽视。

“我觉得我有必要先把这上面的错题给你讲解一下。”夏默然接着说。

“没有那个必要。”肖韶炎答，“你要是没有别的事情了就出去吧。”

夏默然皱眉，直接走过去关掉了肖韶炎的宽带网络。

“你干吗?”他抬头，脸色有点难看，眉头紧锁，从他的额头可以看出一个大大的川字。

夏默然伸手把手中的试题递了上去，“你现在要做的就是把这些错了的试题改正了，你可以选择自己改正也可以选择我给你讲解。”

“把它打开。”肖韶炎一点也没有要伸手的意思，只是一味地沉着脸要夏默然把宽带的按钮打开。

夏默然不动，两人僵持一阵，还是肖韶炎自己伸长手过去把调制解调器给打开了。可肖韶炎刚把网络连接上，夏默然又直接伸手把网线给拔了。

“砰”的一声，肖韶炎重重地在桌子上拍了一下，震得一旁的鼠标都

忍不住颤抖了，“夏默然，你别以为我不打女生，你信不信把我惹急了我照样揍你?”

“我信。”简单的两个字，声音很短，清脆有力。

夏默然这声一出，倒是肖韶炎愣了一下，看向一脸笃定的夏默然。他很想要对她大声咆哮，但是又发现自己竟然在此刻词穷了。

“你应该在吃晚饭之前把这些题弄懂了，然后再玩。”

肖韶炎望着一脸坚持的夏默然，一阵无言，最终还是重重地叹了口气，郁闷地说：“行，那你讲吧，我听着。”

夏默然点头，把试题摊在肖韶炎的面前，“是一道题一道题地讲，还是由你来选择。”

“随便吧。”

夏默然点头，“那就一题一题来吧。”

夏默然讲得极其认真，刚开始的时候肖韶炎还会故意为难她，但是夏默然也不在意，只要他有问题，她都会很耐心地一一作答。夏默然的讲解很风趣，常常借助最平常直观的方法来解决问题，举的例子也都是很好玩的。肖韶炎刚开始也没在意，渐渐地也认真听了起来。

夏默然的声音不是很大，听在肖韶炎的耳里刚刚好，他第一次觉得夏默然的声音其实也蛮好听的。有一个数学难点他没太听清楚，一转头本想再问一下，刚好看见夏默然侧着的半边脸，她的神情很专注。

这也是肖韶炎第一次这样近距离地打量夏默然，他发现夏默然的皮肤很好，不像他认识的很多女生喜欢在脸上化很多的妆，从他认识她开始她好像就是素着一张脸。她的穿着很简单，常见的就只是T恤、牛仔裤和运动鞋。肖韶炎还曾一度认为夏默然不是个女生，至少在她身上好像没有看出一点作为女生的自觉。

她的嘴唇一张一合，唇瓣娇艳欲滴，她的眼睫毛很长。肖韶炎突然觉得，夏默然要是好好地打扮一下应该也很漂亮。当这个认知出现在自己的脑子里的时候，肖韶炎真想抽自己两下，他觉得他是疯了，怎么突然会生出这样奇怪的想法来。

“怎么了，有什么不明白的地方吗？”夏默然转过头来问他。

“□，没有。”肖韶炎回过神来，移开自己的目光，有些尴尬，轻咳两声，“你继续说。”

夏默然看看他，感觉有点奇怪又说不上来，也懒得再想，接着埋头继续讲解。这一次肖韶炎听得格外认真，并在心里暗叫自己不要转头，不要四处乱晃，镇定！镇定！

整整两个小时，就这样在不知不觉中过去了。

“好了，基本就这些了，我发现你对物理很敏感，基本是一点就通。数学也很不错，但是生物和历史就要弱一点，尤其是历史，好像根本就一点也不懂一样。”

“我小时候大部分时间都是待在国外。”肖韶炎也不懂自己为何要解释，但是这话却似乎没有经过大脑似的，就这样脱口而出了。

“嗯。”夏默然点头，“但是作为一个中国人，历史多少你还是要知道一点，明天咱们就先从历史开始吧。”

肖韶炎很想强调自己侧重的是理科，但是见夏默然一脸的坚持，又想想她的话也没错，中国的历史太丰富，那里面有太多的东西值得他学习和研究，便也没有再和夏默然争吵了。

两人话落，都是一阵沉默，一时之间不知道要做些什么。夏默然正想开口说既然没事我就先出去了，可这话还没来得及开口，就传来了几声简短的敲门声。

“进来。”肖韶炎的声音不大，但是也足够门外的人听见了。

开门的是祥叔，他站在门口很亲切恭敬地对肖韶炎说：“少爷，晚饭已经准备好了。”

肖韶炎点着头：“我知道了，就来。”

肖韶炎来到餐桌前，望着桌上全是平时自己喜欢的菜和空荡荡的座位，除了有佣人站在一边，什么也没有。肖韶炎皱着眉问同自己一起出来的祥叔：“我哥今晚不回来吃饭吗？”

祥叔恭敬地答：“少爷，桠炎少爷一个小时前接了个电话，便急急忙

忙地去机场了，订了最快回美国的班机，这会儿应该是在飞机上。”

“我哥回美国了?!”肖韶炎一脸惊愕。

“是的，刚才桠炎少爷还打电话来，说要少爷好好地补习，他会不定时回来查看的。”

肖韶炎看看桌上的食物，又抬头看看祥叔，突然一下子没有了食欲，他只是觉得自己被人摆了一道。

Two

自家大哥走了，其实肖韶炎也就不用再每天让夏默然给自己补习了。可夏默然却偏偏抓住他不放，接连放了她两次鸽子，她便又开始了紧迫盯人的战术。

夏默然站在肖韶炎的座位前，说："为什么这两天你都没有回家?"

“因为我很忙。”肖韶炎头也不抬地回。

“那我们可以调整一下补习的时间。”夏默然也不恼。

肖韶炎终于抬起了头，看着一脸平静的她，说："你就不能消停一下吗? 这样不是挺好，只要你不说我不说我哥也不会知道，工资还是照样给你，这样不好吗?”

“我既然收了钱就要做事。”

“你……真是颗榆木脑袋。”肖韶炎气急，直接站了起来朝着教室外走去。

“如果你下午晚上没有时间，我们可以在课间补，或者你可以给我一份你的时间表，我可以配合你的时间……”夏默然一长串的话都被肖韶炎直接抛在了脑后，他现在需要的是清净，远离夏默然的清净。

围堵肖韶炎未果，夏默然只得郁闷地往外走，她觉得她应该想一个办法，对付肖韶炎的办法，至少也得让肖韶炎的成绩上升一个高度。

夏默然一只手扶着下巴，一只手扶着栏杆，站在桥上看风景。风有些大，吹得她的长发在风中肆无忌惮地飞扬着。

“你好像很喜欢来这里。”一道低沉好听的声音从夏默然的身后传来。

她转过头，路黎析正一脸笑意地站在自己的身后。他的双手插在裤兜里，白色的衬衫衣角在风中一翻一翻地摆动着。

“因为这里很漂亮，你怎么也在这里?”夏默然歪着脑袋看向身边的路黎析。

“我出来透透气，随便走走，没想到会在这里遇见你。”路黎析笑，他的笑容很浅，看上去却格外漂亮。

夏默然觉得自己有点看得过头了，赶紧急急地转过了脑袋，看向平静的河面，小声地说：“那还真是巧，我也是来透气的。”

“有什么不开心的事?”路黎析上前一步，同夏默然站在了同一条线上。

“那你呢，你有什么不开心的事?”夏默然不答反问路黎析。

路黎析扯开唇角，笑容扩大了一点，“是要跟我交换吗?”

“如果你也愿意，有何不可。”夏默然也跟着笑。

路黎析深呼吸一下，两只胳膊肘撑在桥栏杆上，身子稍稍弓起，他望着平静的水面，良久才吐出了一句话：“今天是我朋友的忌日。”

夏默然没有想到会听到这样的话，整个身子一愣，看着路黎析的后背咬了咬自己的嘴唇，“对不起，我没有想到你……会是这样的事。”

路黎析回过头来，“没关系，那你呢，什么事情令你不开心了?”

“我呀，跟你的比起来，我那完全就不是一回事。”夏默然低下头看着自己的手指头，现在想想人家路黎析是因为失去了朋友才如此不开心，而她不过是遇见了那么一丁点大的事，也是牙一咬就能过去了的，本身就不是什么大事。

路黎析见夏默然不说也不再勉强，只是笑着说：“看来现在你的心情缓和了很多。”

“我的那点事实在是太小了，也没有什么好伤脑筋的，有志者事竟成嘛，我不会被这一点小事打败的。”夏默然一脸的坚定，看得路黎析也跟着笑了起来。

“中午我请你吃饭吧。”夏默然突然看着路黎析很认真地说。

路黎析一脸的茫然，“请我吃饭?”

“对呀，一直是你请我吃饭，我都没有回请过你，就今天吧，我请你吃一顿……路边摊。”夏默然说完自己都想要笑，亏她说得出口，可是以她目前的经济条件也只能在街口的一家家常饭馆里请路黎析吃上一顿。不过好在也是路黎析，要是对别人夏默然是打死也说不出这样的话的。尤其是在肖韶炎的面前，夏默然甚至能想象得到要是自己同肖韶炎去那种街角饭馆坐小板凳吃饭的样子，她估计不是肖韶炎掀了饭馆就是肖韶炎直接讽刺了她。

至于为什么一下就想到肖韶炎而不是别人，夏默然觉得这只是因为肖韶炎同路黎析是一个阶层的人，而她所熟识的那个阶层的人本身就不多。

“好吧，就你请，那是不是随便我点?”路黎析点着头。

夏默然笑着说：“是。”

“那好吧，还有一节课就是午休时间了，那咱们约好校门口见，北门，那里靠那条巷子近。”

夏默然点头，“嗯，那下课后见。”

最后一节课是历史课，夏默然清楚地看见肖韶炎上课的时候直接趴在桌上睡了起来，她的眉头不自觉地皱在了一起。夏默然很想丢个纸团或者什么的把肖韶炎叫醒，但是目测了一下两人之间天南地北的距离，夏默然还是选择了隐忍，只是不由得开始在心里打起小算盘来，下次换座位的时候她看看能不能换到肖韶炎身边去坐，或者直接去跟老师商量一下，不过就是不知道老师会不会答应。

夏默然到现在还记得，刚开学的时候，某天晚上殷筱筱同自己躺在床上睡不着，就按惯例开始东拉西扯地聊了起来。聊到班里的风云人物肖韶炎时，殷筱筱就告诉她，班上不知道有多少人想要换坐到肖韶炎的身边，这一想法不是被肖韶炎直接拒绝了，就是被老师给活生生地扼杀了。甚至还有好多别班的学生家长在刚开学分班的时候偷偷给老师塞红包，目的就是为了要自己的儿女能和肖韶炎同班，你是不知道当时那阵仗，活生生的一个战场。

那时候夏默然还挖苦殷筱筱，“那看来你的运气还不错，不塞红包都给分到一个班了。”

殷筱筱接过话说：“我那时根本就不报什么希望，像我这样要身材没身材要长相没长相，成绩也就算中等，家庭条件也一般的人，我是知道自己有几斤几两重的，所以我压根儿就没想到。再说了谁知道跟肖韶炎在一起能有多好呢，先不说肖韶炎那霸道的脾气，就说他那样的家庭吧，进去了还不跟古代宫廷斗争一样呀，那可都是杀人不见血的。就我这智商，我觉得还是安安分分地过我的日子更好，顺利地上大学，找份不错的工作。”殷筱筱说完又看向夏默然，“而且你的运气不也很不错吗，插班生都能插到这个班来。”

夏默然汗颜，其实当初她插班也就是冲着高二五班肖韶炎来的，也刚好高二五班的人数最少，听说有一半原因是因为肖韶炎不喜欢人多，硬是利用权力给校方施压变成这种情况的。

真是个霸道又别扭的男生。

一节课就在夏默然这胡思乱想中过去了，下课的时候殷筱筱问夏默然：“要一起去吃饭吗？”

夏默然笑着摇了摇头：“不去了，你去吧，我已经和别人约好了一起吃饭。”

“谁呀，我认识吗？或者咱们可以一块儿吃呀，我一个人吃好无聊。”殷筱筱一脸的委屈。

夏默然看她，吐出了三个字：“路黎析。”

“我的天，你要跟他一起去吃饭？”殷筱筱一脸的兴奋。

“对呀，一起去吧。”夏默然想自己请客，多带一个人路黎析应该不会生气吧，再说了筱筱这么可爱，两个都是自己的朋友，介绍他们相互认识一下也是好的。

“虽然我很想去，但是我看还是算了吧，我还是自己找人去吃好了。”殷筱筱无奈地耸了耸肩。

“真的不去？”夏默然又问。

“不去啦，你快去吧，再不去就迟到了。”殷筱筱一边说一边推了夏默然一下。

夏默然见殷筱筱一脸的催促，也就不再坚持，“那我走了，拜拜。”朝着殷筱筱挥了挥手，夏默然走出了教室。

等她到北门的时候路黎析已经站在门口等她了。放学时人流有些大，学生三三两两成群结队地走了出来，时不时地有人会拿眼多瞄路黎析几眼，小声地猜测着他在等什么人。当夏默然出现在校门口的时候，跌破了一堆徘徊在校门口看热闹的人的眼镜。只不过也有很多人不理解夏默然什么时候跟路黎析这么要好了，还让路黎析等她，这是何等的荣幸呀，连颜怜菡也没见有这样的待遇呢！

在一众人等的注视下，夏默然同路黎析两人并肩走了出去。

“我觉得我明天会上头版头条。”一直到走得有些远了，夏默然忍不住说了一句。

“啊?”路黎析不解，有些茫然地转头看她。

“主要是你名气太盛了，我看见很多羡慕嫉妒恨的目光。”夏默然笑着说。

“他们只是看见我的外在光环而已，如果我今天没有这么好的出身，她们不一定会注意到我。”路黎析懒懒地说。

“这可不一定，你的长相也是你的资本呀，你知道吗，我总觉得你们这种人就是天生生活在聚光灯下的人。”

路黎析也不反驳，只是抬头望向天空，良久才淡淡地说了一句：“其实我渴望自己很平凡。”

“人就是这样，总是渴望着不一样的生活。”夏默然看向远方，说得一脸的平淡。

“那你呢？你渴望过什么样的生活?”路黎析一边走一边问。已经到了小吃街的入口，路上的行人也渐渐地多了，尤其是学生，偶尔有人回过头来看他们俩，然后小声地低语着什么，夏默然和路黎析也不放在心上。

“我呀，最常想的不是说我的生活要怎么样的改变，而是如果我的爸爸妈妈还在的话，或许我会比别的小孩要幸福一点。当然不是说我现在不幸福，我只是很羡慕那些有亲人在身边的孩子。”

夏默然的话让路黎析身子一愣，他突然不知道应该怎么安慰身边的这个女孩子，只得当做什么也没听见，直接在夏默然说话间拽着她的手拐进了一家饭馆。

饭馆里的人很多，夏默然被路黎析按坐在椅子上的时候才回过神来四处地打量，“不是上次那家。”

“不是，这家也很棒，咱们今天吃干锅。”路黎析不管不顾地已经直接拿过菜单开始点菜了。

“就是有点辣的那种食物?”

“嗯。”路黎析一边点头一边点着菜。

“如果不知道你是个公子哥儿，看你这样轻车熟路的样子，真的很难把这个和你的身份联系到一起。”夏默然喝着服务员倒的茶，眯着眼笑。

路黎析也笑：“我有没有跟你说过跟你在一起会让人觉得很轻松?”

“有吗? 但是我看肖韶炎对我却是避之不及，好像我身上带着某种病毒似的。”想想肖韶炎的态度，夏默然就忍不住皱起了眉头。

真是见鬼了，她怎么会好好地突然想起他来?

“韶炎呀——”路黎析的声音拉得有点长，里面带着夏默然读不懂的感情色彩。

Three

平静的清晨被一两张照片打乱，整个校园像是炸开了锅似的闹得沸沸扬扬。当夏默然踏进校园的那一刻就收到了无数的注目礼，甚至还有人直接指着她小声和旁人说着什么。夏默然也没在意，心想难道是前几天和路黎析吃了顿饭风头还没过，这样一想她便觉得这所学校里的学生真的是很无聊。

刚踏进教室，就见殷筱筱以“光速”闪身到自己的身边，“默然，那都是真的?”

夏默然不解，看着身边拽着自己衣袖一脸好奇的殷筱筱，问："什么真的假的?"

"我的天，你竟然还不知道。"殷筱筱小声地惊呼，"你进校门的时候难道都没有看报栏上贴着的照片吗?"

"报栏?"

殷筱筱见夏默然一副云里雾里的样子就知道她还不知道，正想说什么就听见夏默然说："噢，我来的时候是有看见一群人围在那里，但是没有过去看，我还以为学校又颁布什么新的条例了呢。"

"那哪是什么条例呀，那根本就是两张很劲爆的照片。"殷筱筱想到先前在报栏那儿看到的照片忍不住叹息一声。

"看你这样的表情，那照片不会跟我有什么关系吧?"虽然是问句，但是夏默然八成是猜到了一点，只不过她不知道那会是一张什么样的照片，竟然能引起这么大的轰动。

殷筱筱点头。

"那究竟是一张什么照片呀?"夏默然努力回想，实在是想不出自己能有什么惊世骇俗的照片，所以一时半会儿她也是搞不清楚，为何会有这么大的反应。但是奉行耳听为虚眼见为实的原则，她还是决定自己出去看看。

夏默然说行动就行动，转身就朝门口走去，殷筱筱见她走了，忙跟了上去，"默然你去哪儿呀? 我和你一起去。"虽然殷筱筱没有什么八卦的爱好，但是出于朋友的关系，她还是很想知道这究竟是怎么一回事。

当夏默然来到报栏的时候，那里的人已经没有最初的那么多了，可能是因为快要上课的原因，但是仍然有很多人站在那里指手画脚议论纷纷。

夏默然挤进人群，看见照片时还是明显地一愣。不是因为那张照片是多么的惊世骇俗，而是她没想到会是一张这样的照片。那张照片里的景物对夏默然来说是熟悉的，那是肖韶炎他家大门口的那个花园，照片里的人物就算只看一个侧影也能看出那两人是谁——夏默然和肖韶炎。

夏默然眉头轻蹙，她是真的不记得这张照片是什么时候拍的，至少在她的记忆里自己已经有很长一段时间没有照过相了，更何况还是和肖韶炎站在一起照的，那是绝对不可能。那么，这张照片又是怎么来的呢？有谁会那么无聊，偷拍都拍到肖韶炎的家里去了？

而和肖韶炎那张照片并排放着另外一张，是她同路黎析在餐馆吃饭时的照片。看着这两张照片，夏默然突然很想感慨一句：人长得好看就是不一样，不管什么时候都上镜，就像路黎析，吃个饭都能看出优雅气质来。

夏默然实在是想不出来，两张普通的照片究竟是为何会引起这么大的一片骚动来。她有些无奈地转头看向身边的殷筱筱，“你说的大事就是这个？”

殷筱筱一个劲儿地点着头。

“唉！”夏默然叹了口气，然后有气无力地说了句，“这表示你们很无聊，就这么两张很平常的生活照你们都评头论足这么久，咱学校的学生是不是都闲得没事干呀。”

夏默然说完就要往回走，殷筱筱神情还有些恍惚，她没想到夏默然会是这样的反应，足足愣了好几秒才回过神来，见夏默然已经走了好几米远，赶紧追了上去。跟在夏默然的身边走了一阵，终于还是忍不住开了口，说：“默然，我觉得你是没搞清楚他们在看什么，你看到的重点和他们眼里的重点不一样。”

夏默然转头，问：“那你眼里的重点是什么？”

“我随波逐流的，所以我的重点和疑惑就是你怎么会和肖韶炎在一起，而且还是在他家。”

“因为我在他家工作呀。”夏默然有些不以为然。

“我的天，你会让学校一大半女生嫉妒死，也会被学校一大半女生怨恨死。”

看着一脸慎重的殷筱筱，夏默然有些郁结地问：“你在开玩笑？”

“你看我这样子像是开玩笑吗？”殷筱筱抬手指指自己的脸，微微地叹了口气，“默然你知道现在学校都传成什么样子了吗？”

夏默然很配合地摇头，她才刚刚来学校，哪知道那么多。

“他们都说你始乱终弃，攀龙附凤，不知羞耻，斯文败类……”殷筱筱吐出了一连串的词。

“停！”夏默然抬手示意，“我应该赞美他们的文学水平吗？”

殷筱筱看着夏默然淡笑的脸，一头的黑线，“那我应该说你心态好，还是说你傻？”

“不，我这叫大智若愚。”夏默然笑，“不过，我可以肯定地说一句，咱学校学生的水平真不怎么样，成语乱用，你倒是给我说说，这一长串的评价都是什么意思？”

“好吧，白话文翻译大概就是，大家觉得你水性杨花。”殷筱筱决定还是不要把更难听的词说出来，“你说你同时牵扯着学校的两大风云人物是想干吗？”

“两大风云人物？”夏默然皱眉。

“肖韶炎和路黎析呀。”殷筱筱有一种想要揍人的冲动，“我说你平时脑袋挺精明的呀，还是全市第一呢，怎么到这事上就转不过弯了？”

“好吧，小姐，麻烦你行行好一次性说完好不好。”夏默然无语望苍天。

“唉，我也不指望你了。”殷筱筱摇头，“你就直说吧，你和肖韶炎还有路黎析之间究竟是什么关系？”

“啊！就这样呀！”夏默然没想到殷筱筱会问这个，但是面对好友，她还是选择了诚实交代，“其实真没什么，我和路黎析就是普通的朋友关系，而我和肖韶炎就更简单了，他就是我打工的雇主。”

“雇主？”殷筱筱抓住这个词，迷茫地看向夏默然。

“我现在在肖韶炎家里做事，给他做家教，补习功课。”

夏默然的话才落，殷筱筱就倒抽一口凉气，“我的天呀，你竟然是肖韶炎的家教，我突然觉得这个世界好玄幻。”

“生活所迫而已！”夏默然丢下这句话大步地朝前走。

“你可真是不知道你这是多大的运气，多少人挤破脑袋想要接近肖韶炎，你现在可就占着那个位置，朝夕相处，近水楼台先得月，你怎么就一点不开窍呢。”殷筱筱真想伸长手指去戳戳夏默然的脑袋。

夏默然耷拉着脑袋，很是无力地说："我是一点也不想要这样的运气。"

"默然，其实……"段筱筱望着夏默然的背影想说其实她和肖韶炎走在一起看着蛮般配的，但是这话到了嘴边又被咽了回去。

学校里关于肖韶炎和夏默然的关系被传得越来越玄乎，因为有八卦人士查到夏默然在肖韶炎家里住的缘故，竟然传出了两人同居的消息。

只不过对于这个消息，夏默然已经能淡然处之，反正她知道不是那么一回事就好了。反观肖韶炎，在知道这件事情后竟然气得跳脚，一直嚷着要把幕后黑手给揪出来。

而事件的另一个当事人路黎析，也正常得像个没事的人似的。除了那日同夏默然吃饭，之后好几天没再碰过头，让一些好奇心胜、整日搞跟踪的同学叫苦连天直嚷着没劲。可也就在大家以为所有的一切又将恢复平静的时候，却没想到一系列的爆炸性新闻即将陆续而来。而这南翱高中也注定了不会趋于平凡，这话题即便是在很多年以后也依旧被南翱高中的学生们竞相传颂……

因为她——夏默然给平凡的女孩子创造了一个童话。

Chapter 07

稀里糊涂的恋人关系

One

夏默然从来没有见肖韶炎生过那么大的气！这天傍晚夏默然比肖韶炎回来得早，经过一段时间的磨合，夏默然总算是明白了，要想让肖韶炎一放学就回家补习功课那简直就是天方夜谭。于是夏默然也不强求，只是在肖韶炎回家后夏默然便逮住他补习，虽然每次肖韶炎都是一脸的不情愿，但是总归多少还是能够听进去一些。虽然夏默然一直都在想提高授课效率的方法，但却一直未遂。

夏默然帮忙在花园里浇花修枝，眼神却时不时地看向大门的方向。

“默然你是在看少爷吗?”祥叔拿着一把剪刀直起腰来，他已经好几次看见她的眼神往外看了。

夏默然回过头来看向一边的祥叔，问：“肖韶炎他有说晚上不回来吗?”

祥叔摇头：“少爷什么也没有说，也没有打电话，司机去的时候就只是听说少爷已经走了。我想少爷待会儿应该就回来了，这种事也不是一两天了，他在外面玩够了自然就会回来。”

夏默然想想也是，只不过今天比平时晚了一点而已。

交谈完没几分钟，夏默然就见肖韶炎从外面回来了。肖韶炎的脸色不太好，夏默然张嘴正想叫他，就见他已经从她身边走了过去。他的速度有些快，夏默然甚至能感受到身边有一阵风吹过。

“这又是怎么了?”夏默然看着肖韶炎的身影吞了吞口水，尽管肖韶炎身上写着生人勿近，但是夏默然还是决定过去看看。

夏默然才踏进门的时候就听见一声响亮的关门声，震得夏默然一愣，看向楼上肖韶炎紧闭的房门，夏默然突然之间想到自己以前住的房子。以前她住的那间屋子房门有些问题，每一次都要她上前用力推才能把门关上，尽管她的房门也是需要用力才能关好，但是也不是像肖韶炎这样的甩门法。夏默然脑子里不禁浮现出用肖韶炎这样的力气去关那门，几乎是不用过多的思考，她都能知道结果会是什么样子。她家的那扇门绝对会很光荣地阵亡，整个门板直接砸下来，而不是像肖韶炎的门如此般还能安然无恙。

夏默然在厨房里帮忙，之后又在客厅里看了会儿电视，眼神时不时地瞟向肖韶炎的房间，他从进去就一直没有出来过。

一直到晚饭做好，井婶说上去叫少爷下来吃饭，但叫了一次没反应。夏默然自告奋勇地说："我去吧。"

连她自己也不知道为何自己这样积极，肖韶炎吃不吃饭关她什么事，但是不知道为何，她的脑海里一直浮现出肖韶炎先前回来的样子。尽管他的面色很不好看，但是夏默然还是觉得能从他的脸上看出一份失落来。这样的感觉很奇怪，但是夏默然就是那般笃定自己的感觉是正确的。

夏默然刚开始敲门的声音很轻，一连敲了十几下都没见任何反应，她想着可能是她敲得太轻了，肖韶炎没有听见。接着便加大了力气，在她看来这声音即便是睡着了应该也是能听见的，但是奇怪的是她一连敲了十几下依旧没有任何反应。夏默然便有些着急，想着肖韶炎不会在里面出什么事了吧，像他这种大少爷估计也没有受过什么挫折。

也不知道是哪里来的信心，夏默然就是觉得肖韶炎是出了什么事。她想也没想直接抬手迅速地握住了门把，一扭，门"咔"的一声开了。

夏默然一只手握着门把站在门口，此刻的门也只是半开着，她正抬头张望，还没看见肖韶炎的身影，就见一个不明物体朝着自己飞了过来。夏默然出于本能地身子一闪，躲过了。没等她回头，就听见身后"啪"的一声，玻璃破碎的声音，回头才看清那是一个玻璃杯。她有些后知后觉地拍拍胸脯，好险，就差那么一点她就被砸到了。一想到这里，她便怒火上涌，走进屋里，一转头就看见肖韶炎坐在那里。

“你知不知道这样随便甩东西会砸到人，你要是砸到我怎么办?”夏默然的声音很大，站在肖韶炎的面前叫嚣。

肖韶炎抬头看她一眼，眼神里清晰地写着“活该”两字。

他虽然没有开口，但是神情看起来就想要揍人。“你……”夏默然抬手指着他，“你知不知道这样很危险? 你怎么可以胡乱向人扔这种东西? 你到底有没有安全意识?”夏默然念念叨叨地说了一长串，但是肖韶炎却没有半点反应。

夏默然困惑，走上前去抬手推了推肖韶炎的肩膀，没想到这次引起了他极大的反应。只见肖韶炎抬起头来，狠狠地瞪了夏默然一眼，抬起胳膊重重地甩掉了夏默然的手，“你知不知道你很烦? 滚出去。”

肖韶炎的声音有些大，震得夏默然下意识地想要往后退，但是她也绝对不是被吓大的人，本来想好好说话的夏默然在见到这样没礼貌的肖韶炎时，先前还有些怜悯的温和也不存在了，取而代之的是同肖韶炎一样洪亮的声音，“你搞清楚，你以为谁想管你呀，要不是看见大家辛辛苦苦为你做的晚餐就要这么被浪费地倒掉，我才懒得上来叫你。你不吃饭、你要饿死又跟我没半点关系，你以为谁喜欢上来叫你呀!”

肖韶炎站起身来，步步逼近，声音低沉，淡漠冷冽，“你最好清楚你是什么身份，我吃不吃饭是我自己的事，我浪费不浪费也是我自己的事，我有浪费的资本，我喜欢，你管得着吗?!”

“你……”夏默然气急，“亏你还说得出这样的话来，也对，你们这些有钱人家的少爷又怎么会理解到‘谁知盘中餐，粒粒皆辛苦’的艰辛。你们有的是钱去挥霍，有的是资本去浪费，但是请你搞清楚你不过就是比别人出身好了一点而已，除了这些你根本就是一文不值。”

夏默然说得很快，这些话像是不用思考一般就这样一长串地瞬间倒出。

“我再一文不值也比你好，至少我现在还有资格炫耀你没有，我有能力决定你的去留你没有，我喜欢摔什么就摔什么你却不能。”肖韶炎随手扫过不远处桌子上摆着的古董花瓶，只听“啪”的一声，一个做工精细、

漂亮得无以复制的花瓶就那样掉落在了地上，摔得粉碎。

“你这个败家子。”夏默然看着地上的碎片，她突然想到她之前帮忙到肖韶炎的房间里打扫卫生，祥叔就告诉过她少爷房间的东西不可乱动，尤其说到这个价值连城的花瓶的时候。肖韶炎平时是不喜欢古董这些东西的，但是上次桠炎少爷从拍卖会上拿回来了这个说要摆在客厅里，韶炎少爷却说这花瓶的颜色和他屋子的色调很搭配，便把这花瓶给搬回了自己的房间。

肖韶炎的家里其实有很多价值连城的东西，其中不乏名画古董之类的。在她刚来的时候祥叔大致就告诉了她一些，好让她以后打扫的时候注意一点。她每次见到这些东西都特别小心谨慎，生怕弄坏了一点点，却没想到肖韶炎竟然能看都不看一眼就把东西摔坏，这让夏默然如何不生气。

“我败家也是败的我自己的家，干你屁事。”肖韶炎的声音很大，几乎是吼出来的这句话。

对于肖韶炎会说脏话这点夏默然还是不由一愣，她知道肖韶炎的脾气不好，可是没想到原来连家教也不好。

“看你光鲜亮丽，却连文明都没有。果然是没有家教，不过也是，像你脾气这么坏的人，谁愿意教你？难怪你父母那么早就把你一个人丢在国内，根本就是你这个自大、无知、自恋、脾气坏的家伙自找的。”肖韶炎大声，夏默然比他还要大声，此刻她完全忘记了自己在他家打工这件事。

“你说谁没家教？你再说一遍。”肖韶炎的整个人凑近夏默然，眼睛睁大，眸子里闪烁着冷冽的火花。

“说的就是你，你要是有你哥的一半倒是还有些炫耀的资本，可现在看来你不过就是个‘漂亮小丑，哗众取宠’罢了。”夏默然一点也没有示弱的趋势，反而是声音越来越大。

他们俩的声音如此之大，早已经惊动了家里别的佣人，井婶她们本打算上来看看，但都被祥叔给拦住了。大家都不知道管家为何会这样做，却见祥叔笑得一脸的温和，语气有些意味深长地说：“就让他们去吧，都还是孩子，吵吵架也是好的。况且能跟咱家少爷这样吵的女孩子可没有几

个，不对，就是男生也没有几个。”

“可是他们不会打起来吧？”井婶伸长脖子望向楼上，她还是有些担心。

“不会，咱家少爷是什么人你还不知道呀。他虽然脾气不好，但是绝对不是一个会打女孩子的男生。”

“这倒也是，好吧，就随他们去吧，我们上去了也会让他觉得没面子的。”

管家赶走了别的仆人，大家该干什么就干什么去，这里的事全当没看见就好。

许是吼累了，夏默然同肖韶炎都停了下来，空气里有片刻的安静。两人你看看我，我看看你相对无言。肖韶炎原本有些闷堵的心一下子变得顺畅了，连他自己也不知道为什么，可是心里的郁结还是有的，只是比之前少了很多而已。

夏默然沉默了一会儿后对肖韶炎说：“你下去吃饭吧，井婶做了一大桌子的菜呢。”

“我吃不下，不想吃，你可以出去了。”

“肖韶炎，你这人怎么那么不爱惜别人为你做的一切，算了……我不想跟你吵，浪费我的口水。”夏默然扭头出去了。

肖韶炎坐在原地没有动，夏默然拿着扫帚回来的时候他还保持着原先的姿势。

“我说肖韶炎，究竟发生什么天大的事情了，让你这样？”夏默然把扫帚放在一边，蹲在肖韶炎的面前问。

“关你什么事？”肖韶炎抬头。

“好好，不关我的事，你继续坐。”夏默然站起身，拿起扫帚去扫地上玻璃的碎片。

Two

夏默然觉得自己昨晚同肖韶炎的争吵实在是有些可笑，她现在想来都不知道勇气是怎么来的。晃晃悠悠地走在校园里，呼吸着新鲜的空气，夏默然觉得全天下最幸福的时刻莫过于此了。

长廊上的行人很多，三三两两地结伴同行，空气里是吵吵嚷嚷、打打闹闹的声音。夏默然突然觉得其实这贵族学校也和普通的学校差不多，夏默然也从最初的厌恶慢慢地喜欢上了这里，毕竟这所学校实在是太漂亮了。

比如现在，夏默然所在的这条长廊上两边种满了粉紫色的木槿花，每当风一吹过的时候，一整排的木槿摇晃着自己柔美的身姿，空气里飘着淡淡的清香。

“默然！”一个欢快的声音从身后传来。

夏默然回头，正好看见殷筱筱朝着自己跑过来。夏默然站在原地等她，等她在自己身边站定了才问：“你怎么从那边过来？”夏默然记得女生宿舍可不是在这个方向的。

“我今天起了个大早，到操场跑了两圈步后发现时间还多，就想着出去吃顿早饭，你知道的，食堂吃久了也是会烦的，即便咱学校食堂饭菜的味道和分量都不错。”殷筱筱同夏默然并排走着。

“也对，难得你有起来这么早的时候。”夏默然笑，虽然在学校住的时间并不长，但是殷筱筱喜欢赖床的习惯她可是一清二楚的。

“我那是睡不着呀。”殷筱筱叹气。

“怎么了？”夏默然不解。

“八卦……”

殷筱筱说的话让夏默然一头雾水，尽管这样也不忘说一句：“你不是不爱八卦吗？”

“我不爱不代表别人不爱呀。”殷筱筱叹气，“你知不知道从昨晚到今早基本所有的女生都在说一件事，吵得我一点睡觉的欲念都没有了。再说

了我虽然不爱八卦，但是对某些事情我还是有一点好奇的。”

“比如……”夏默然接过话。

“比如我觉得从昨晚开始在学校风靡蔓延的话题你应该知道内幕！”殷筱筱一脸的肯定。

“什么事？”夏默然好奇，她知道什么事？她努力地回想，确实没有什么事情。

“就是颜怜菡抛弃肖韶炎而选择和路黎析在一起。”

殷筱筱的话让夏默然直接呆愣在了原地，忘记要向前行走。她的神情有些错愕，半晌才转过头对着殷筱筱说了一句：“肖韶炎和颜怜菡在一起吗？我一直以为他们只是暧昧关系。”

殷筱筱一副我被你打败了的表情，“小姐，这是全校都知道的事情，你不用这样后知后觉吧？亏你还和他们走得那么近。”

“喂，我要申明一点。我和他们不熟，最多就和路黎析熟一点，但是我总不能多管闲事地问人家的感情问题吧。”

“那你是一点也不知道了？”

夏默然点头，“一点也不知道。”

殷筱筱突然就笑了，“我现在突然觉得特平衡，特有成就感。我说，你还是路黎析的好友，还和肖韶炎住在一个屋檐下，一点眼力也没有，全校都知道的事你还打不着方向。”

“是是是，我没眼力，那殷筱筱小姐，麻烦你可不可以说清楚究竟是怎么一回事？”夏默然一脸的虚心请教。

“我刚才不是已经说了吗？就是颜怜菡抛弃肖韶炎而选择和路黎析在一起。”殷筱筱的唇角还有掩饰不住的笑意。

“就这样，没了？”夏默然问。

“就这样，没了！”殷筱筱点着头，表情严肃。

夏默然有些哭笑不得，“就这一句话就能说完的事，全校能闹成那样。”夏默然说完又继续向前走。

殷筱筱跟在她的身后，“话也不能这样说，这一句话可是包含着很多

内容的。这可是一段三角关系呀，本来三人的关系就有些说不清，现在好了，一下子就明了了，听说还是颜怜菡甩了肖韶炎的呢。不过想想也是，路黎析和肖韶炎比起来各有千秋，但是路黎析是要比肖韶炎沉稳一些。”

夏默然点头，她想起每次和路黎析在一起的感觉，是挺舒服的。如果是她，让她在路黎析和肖韶炎之间选择，那肯定想也不用想地选择路黎析的，“其实也没有什么，这本身就是一场没有悬念的抉择。”

“喂，你这话可不能被肖韶炎的粉丝听到，她们非宰了你不可。”殷筱筱忍不住提醒夏默然，毕竟这学校里喜欢肖韶炎的人多了去了，指不定不经意的一句话，什么时候就让祸事上门了。

这事夏默然也理解，她对感情方面迟钝可不代表看不出来这学校的流派。肖韶炎、路黎析、欧阳瑞卿那几个或张扬或低调的孩子走在哪里都能成为别人的焦点，“唉，回去上课吧，时间也不早了。”

肖韶炎还没有来，夏默然望着肖韶炎空荡荡的座位看了几眼。脑子里不住地回想起昨晚自己和肖韶炎争吵的画面，难怪昨天他脸色不太好，原来是失恋了的原因。那自己昨天那样说他是不是有些太过分了呢？夏默然觉得自己待会儿还是给肖韶炎道个歉好了，虽然她的出发点也不是不好，只是伤者为大吗。

一直等了很久肖韶炎都没有出现，从早上到下午肖韶炎都没有来上课。中午的时候夏默然站在桥头吹风，正好听见桥头边的草坪上坐着三个女生聊着天。她本没有偷听别人说话的习惯，但是看那两人说话又不像是在说悄悄话，完全就是肆无忌惮地闲聊，因此夏默然也就不在意了。

不知道是说话的人声音太大的关系还是风向的问题，坐在草坪上的三个女孩子说的话就那样一字不漏地落入了夏默然的耳里。

“你们听说肖韶炎和颜怜菡分手的事了吗?”一个女生问。

“谁不知道呀，这事全校都知道了呢。听说是颜怜菡选择了路黎析把肖韶炎给甩了的呢，路黎析和肖韶炎本来就不合，你们猜这是不是故意的?”坐在正中间的那个女生问身边的两个女孩子。

“没有，人家路黎析性格挺好的呀，我看根本就是颜怜菡水性杨花。”

最左边穿着一件黄色T恤的女孩子说。

“哟，听你这语气像是知道什么内幕似的，到底是什么快说说。”中间的那个女生问。

那女生四下看了看，并没朝夏默然这边看，确定没什么人，她压低声音，其实在夏默然看来那声音也没有多低，只比刚才低了一个调而已。那女生说：“昨天呀，我一个在十四中念书的朋友跟我说，她昨天傍晚回家的时候，走进一条巷子，突然出现了一只猫，吓了她一大跳……”

“你能不能说重点?!”一个女生忍不住打断了她的话。

“你急什么？我这不马上就是重点了吗。我那朋友本来是想走捷径的，但是被那猫一吓，就在一个分岔口走出了巷子。那巷子的出口刚好通向河边，我朋友才走到巷子口就听见河边传来很大的声音。她抬头一看，正好看见肖韶炎扬起拳头朝着路黎析的脸打了过去。我朋友看到这儿顿时激动了，这是多么劲爆的新闻呀，于是她就隐身在巷子口看完了整场戏。”

“那究竟是什么戏呀？你倒是快说呀。”这次是两个异口同声的声音。

“就是肖韶炎打了路黎析一拳后，颜伶菡跑过来拽住了肖韶炎，然后她用很嗲的声音说：‘韶炎、析你们别打了。’肖韶炎看见颜伶菡站在两人中间，还真是放下了拳头，他很愤怒地问颜伶菡：‘为什么？’颜伶菡就在这个时候数落肖韶炎不懂爱情，不知道浪漫为何物，自己跟他在一起根本就没有半点恋爱的感觉，肖韶炎总是不懂得她要什么……”那女生滔滔不绝地说着，旁边的两个女生听得异常认真，还时不时地发表一些意见，不过大抵都是说颜伶菡的。

是这样吗?!

夏默然站在桥头，低头看着平静的水面。她知道这河底一定不是像水面这样平静，那么肖韶炎和颜伶菡的事是不是也是这样不同于表面上看到的这般？

整整一天，夏默然觉得自己不管走到哪里都能听见有声音说肖韶炎、颜伶菡和路黎析。她还听说今天路黎析也没有来学校上课，倒是颜伶菡在学校里。夏默然也没有心情去管这些，只是觉得放学回去后应该找肖韶炎

道个歉，如果颜怜菡真的是她的前女友，不管她是怎么和路黎析走到一起的，他的心里应该都会不舒服吧。

Three

夏默然回去后放下包的第一件事就是敲响了肖韶炎的房门，只不过敲了半天也没见什么回应。夏默然下楼正好遇见从外面进来的祥叔，便问："祥叔，你看见肖韶炎了吗？"

"噢！少爷呀，他出去了。"

"出去了？那你知道他去了哪里吗？"

"这个我就不知道了，少爷没说。"

"那他是开车出去的还是走路出去的？"

"走路。"

"祥叔谢谢你，我知道了。"

夏默然道了谢就想走，可是却被祥叔叫住了，他问："是出了什么事了吗？"

"没有啦，只是他今天没有去学校，我以为他身体不舒服。"夏默然说完就走了出去，她想出去看看，既然肖韶炎没有开车，兴许就在这附近呢。

站在大门口，夏默然琢磨着朝左还是朝右，最后还是出于直觉选择了右边。沿途的风景很不错，道路两边种满了漂亮的法国梧桐，枝丫张开得很漂亮。如果夏默然此刻不是心里还记挂着肖韶炎，她真想慢慢地走，好好地欣赏沿途的风景。今日的夕阳特别漂亮，比平日里耀眼了许多，透过树缝折射下来，别有一番风味。

夏默然走了好长一段路都没有找到肖韶炎，眼见天色越来越晚，她琢磨着可能肖韶炎都回去了呢。她没有按原路回去，因为已经走得比较远了，于是直接选择了另外一条较近的路。那条道正好靠近河边，夏默然便沿着河岸一直走，却没想到，没走几步竟然看见了肖韶炎。

此时的肖韶炎正站在河堤边，他的一只手插在裤兜里，一只手放在面前的栏杆上。风有些大，吹得他的头发一个劲儿地跳动，白色衬衫的衣角轻扬，只是不知道为何那原本应该很伟岸的身板，现在看在夏默然的眼里显得有些萧条。

夏默然缓步上前，在肖韶炎的身边站定。

一旁的肖韶炎半点没有转头的意思。

夏默然在肖韶炎的身边站了足足有三分钟才缓慢地开口："这里很漂亮。"她伸手去拉已经垂在自己头顶的柳枝。

一旁的肖韶炎没有多大的反应，夏默然松开柳枝，转过头看向他："昨天，对不起。我道歉不是因为我做错了，你拿玻璃杯丢人本身就不对，那很危险。我道歉是因为我说了一些不中听的话，没有顾虑到你的感受。"

夏默然话落，气氛又恢复到了先前的沉默。夏默然没再开口，肖韶炎也不说话，两人就一直站在河堤边吹着风。

直到——

暮色四合。

"肖韶炎回家吧，否则祥叔他们会担心的。"夏默然再次开口，晚上的风吹得有些大，她突然觉得有些冷。

"怕冷还跑出来？走吧。"肖韶炎看了夏默然一眼，淡淡地说。

"走啦，走啦！快点，冷死了。"夏默然想也没想地拉起肖韶炎的手就往前拖。

肖韶炎也没多大的反应，只是眼神在两人交握的手上停顿了两秒便也跟着走了。稍落后一步的肖韶炎看着眼前这个单薄的身影，突然觉得很温暖。

夏默然同肖韶炎一起回来，祥叔和井婶都松了口气，井婶赶忙张罗着把饭菜热了热，端出来给肖韶炎吃。可能是一天没有吃东西的缘故，肖韶炎望着桌上的饭菜食指大动，但是又想到夏默然同自己一样待在外面还没有吃晚饭，便抬头对站在一边的夏默然说："你也坐下来一起吃吧。"

"你吃吧，我去厨房吃就好。"夏默然笑着摇摇手。

一边的井婶见肖韶炎都开了口，便推着夏默然说："默然，我们晚饭

都已经吃过了，厨房也没什么吃的了，你就和少爷一起吃吧。”

夏默然本想再说点什么，又见站在肖韶炎身边的祥叔也跟着点了点头。

“坐下吧，吃个饭而已，别那么婆婆妈妈的！”肖韶炎的声音成功地让夏默然坐了下来。

一顿饭也吃得相安无事，毕竟也没有什么外人在，那些所谓的紧张之类的情绪当然也随之不在。

吃完饭，井婶收拾碗筷，夏默然要帮忙却被井婶拒绝了。井婶指着肖韶炎刚刚离开的方向说：“少爷看来心情不太好，你去陪陪他吧。”

夏默然被井婶推了出去，她有些无奈，便朝着肖韶炎离开的方向走过去。夏默然在屋子里转了一圈，没找到人，最后还是在花园旁边的篮球场找到了他。

夏默然已经不是第一次感叹肖韶炎家里的奢华了，除了奢华以外他家也可谓是样样具备。台球桌、游泳池、篮球架、乒乓球台等设施应有尽有，夏默然想着如果不是足球场和高尔夫球场太过宽阔，不能照搬进来，否则这里面会更齐全。不过肖韶炎家里这块篮球场的旁边有很大一块绿色的草坪，夏默然觉得只是几个人随便玩玩足球的话，这个空间也足够了。

夏默然站在一边，看见肖韶炎独自一个人运球、上篮、得分。他的球技很好，尽管这是她第一次看他打球，也只有几个简单的动作，但是夏默然就是能够肯定地说出肖韶炎的球技很好。当然这也不是她乱说，虽然她自己不会打球，但是从小到大也看过那么多场的 NBA 联赛转播、世界篮球锦标赛等等。

“不是说吃完饭后是不能剧烈运动的吗？”夏默然站在一边忍不住开口。

肖韶炎运了几下球，踮起脚尖一个远投，篮球准确无误地落入篮筐里。肖韶炎也不急着去捡球，就转过身来看着夏默然，“没事，我又不是每天都这样，偶尔的一两次无碍。”

夏默然点头，没有说话，实在是一时之间也不知道要说些什么好。

“找我有什么事吗？”肖韶炎说完这句话就去捡球。

“没有，就来看看，不过现在看来，你应该没什么事了。”夏默然轻笑，不知道为何，看见这样的肖韶炎，她原来有些担忧的心一下子就归于平静了。

“没事，不过就是失恋而已。”肖韶炎走过来，没有再打球的打算，“走吧，挺晚了，回去吧。”

肖韶炎走在前面，夏默然跟在后面，花园里的路灯很多，灯光照亮了整个花园。其实时间还并不是太晚，夏默然回自己的房间拿衣服去洗了个澡，回来路过一间房门口的时候被肖韶炎叫住了。

夏默然停住脚步，伸长脑袋朝着屋里看去，就见肖韶炎正坐在一个大电视前玩游戏。夏默然问：“怎么了？”

肖韶炎朝她招手，“过来，陪我玩会儿游戏。”

夏默然本想说自己不会的，但是想想这两天肖韶炎的心情肯定不好，她也不好意思拒绝，便勉为其难地答应了，“那你等一下，我先把衣服放好再过来。”

夏默然的速度很快，过来的时候肖韶炎正玩得起劲，因此也一时没有察觉。夏默然先是打量了一圈屋子，这间屋子夏默然好像还没有进来过，打扫也是由专人负责的。夏默然曾经好几次路过这里的时候也猜想着里面可能放着什么很贵重的东西，没想到现在看来不过就是一些电气化的设备，不过还是有很多夏默然叫不出名字的。

夏默然在肖韶炎的身边坐下，问：“这间屋子是做什么用的呀？”

“噢，你没看见里面全是一些玩的东西么？这是我小时候的玩具室。”肖韶炎头也没回地说。

“玩具室。”夏默然小声地重复着，忍不住就笑了出来，“你们有钱人家的孩子还真是奢侈，一间玩具室比我以往租的房子还要大。”

“喂。”肖韶炎放下手柄，转过头来看她，“我找你来不是听你说教的，你到底要不要玩？”说着就把放在身旁地上的另一个手柄朝着夏默然扔了过去。

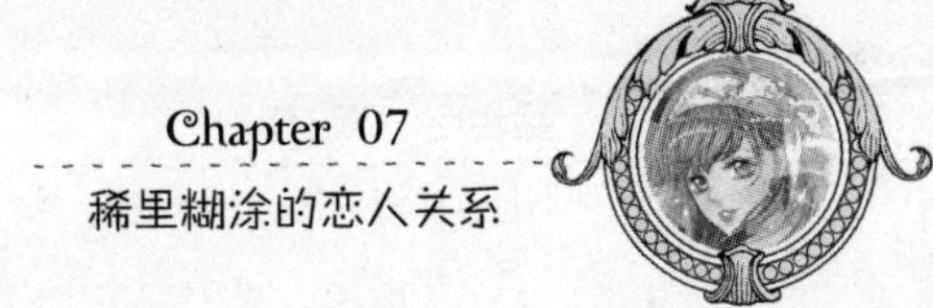

夏默然接住手柄，看看手柄又看看电视荧幕，半晌才说了一句："我不太会玩这个。"

"女人就是麻烦，连这么简单的游戏都不会。"

肖韶炎的嘀咕声让夏默然皱起了眉头，"我是没这条件，我要是跟你一样有这设备指不定现在比你还会玩呢，少瞧不起人。"夏默然坐在一边，开始研究怎么玩。

夏默然拿着手柄研究了半天，东按按西按按，没两下肖韶炎正玩的游戏就 GAME OVER 了。夏默然望着电视屏幕上的失败两字一头黑线，转过头一脸讨好地朝着肖韶炎笑："呵呵，真是不好意思，不过给我五分钟，不三分钟，我铁定把这些键都弄清楚。"

望着夏默然的表情，肖韶炎一时之间不知道该说些什么好，他觉得自己脑子是被什么东西给堵住了，才会傻傻地叫夏默然陪自己玩游戏。他原本玩得好好的，却忘了插入另一个手柄后战局就全变了，刚好搭档还是个连前后左右都不分的菜鸟。

最终肖韶炎还是没有赶走夏默然，看着她很努力地研究手柄和看着电视荧幕学走位的样子便没有多少气了。只不过他还是高估了夏默然的学习能力，可能她在成绩上是比自己要厉害得多，可是在游戏方面，那和自己比起来还真可算是云泥之别。

整整两个小时，玩一个游戏中途死了不下二十次，最高纪录能闯过六关。不过相比于肖韶炎的沉默，夏默然则玩得分外起劲。

"原来你也有这么活泼的一面。"肖韶炎看见身边手舞足蹈的夏默然轻扬唇角，他突然觉得这个女孩子其实还是有很可爱的一面，至少现在的她一点也不讨厌，甚至还会让身边的人格外放松，觉得舒服。

"我还有很多面呢，你才见过几个呀。"夏默然头也没回，一直盯着电视屏幕上的小人儿，她觉得自己很有可能马上攻破第七关了。

"是吗！那就是有待开发了。"肖韶炎小声地呢喃一句，由于时间有些晚了，肖韶炎还是转过头提醒了她一句，"你不去睡觉吗？明天还要上课。"

夏默然这才看了一眼时间，这一看吓了一跳，已经接近凌晨了，这要是在平时自己可是已经在香甜的睡梦中了。

就在她晃神的当儿，电视荧幕上的小人儿已经被怪物杀得血都见底了。夏默然叹了口气，放下手中的手柄说："睡吧，已经很晚了。"

肖韶炎站起身来去开灯，因为夏默然进来的时候肖韶炎只开了壁灯，再加上电视荧幕的光亮足可以朦胧地照亮这间房间了。现在肖韶炎关了游戏，屋子里一下子变得暗了许多。等肖韶炎把灯打开的时候夏默然才站了起来，一边揉着自己的胳膊，一边晃动着脖子，坐得太久了，突然起来感觉有些僵硬。

就在夏默然晃动脖子的时候，眼神四处溜达，就看见一个角落里，被一张长茶几挡着一大半的地方露出了一个箱子的一角。夏默然觉得有些眼熟，就走过去看了看，这不看还好，一看，夏默然便傻眼了——那个她找了好久的箱子居然放在这里？她就说嘛，她也时常帮忙打扫屋子，里里外外她也都看过了，硬是没找到自己的箱子。夏默然本都想放弃了，想到曾经肖韶炎那么笃定自己没有拿，她便琢磨着是不是中间哪个环节出了问题，箱子真不在肖韶炎这儿，却没想到现在竟然让她看见了。

"肖韶炎，这是我的箱子。"夏默然指着面前的箱子对肖韶炎说。

肖韶炎也走了过来，看着眼前的这个箱子挑眉，"你的？"说实在的连肖韶炎自己都不清楚这个箱子是不是自己的，毕竟那已经是好几个月以前的事了，他当时因为赌气没有让家里的司机接，自己坐了一回大巴。他的箱子很多，他自己也没注意那天自己拿的是个什么样的箱子了，他只记得坐大巴的时候他把箱子放在了最外面，因此理所当然地在下车的时候就拿了放在最外面的那个箱子。他根本就没有想到，后面的乘客也有行李箱，别人放的时候就把他的箱子往里推了。

"对，我的，这箱子我用了好几年了，不可能错的。"

"噢，那你拿回去吧。"

夏默然蹲下身子，打开行李箱检查了一遍，箱子里的东西还是完完整整地摆放好了的，只不过怎么找也没能找到自己的那条项链。

“肖韶炎你是不是把我的项链拿了？”夏默然问得平静，她头也没抬，两只手还在翻着行李，企图能在下一秒把项链给翻出来。

可是真的没有，里里外外地都找过了。夏默然突然一下子有些慌了，站起身来看着肖韶炎：“你拿了的话就还给我吧，那真的对我很重要。”

“□，谁会没事去拿你的那条破项链呀！”对于夏默然的问话肖韶炎很不爽，语气也没有先前的平和，变得有些冲。

“那才不是破项链，那是我爸爸妈妈奶奶留给我最珍贵的礼物，肖韶炎你玩什么都行就是不能拿我的项链。”夏默然一脸的气急，脖子有些微红，甚至能看出那上面的青筋。

肖韶炎见到这样的夏默然突然一下没有了先前的不快，这样气急败坏的夏默然他突然觉得很有趣，脑子里不禁闪过一个念头：跟这样的女孩子在一起，应该不会太无聊。

这时候肖韶炎的脑子里又浮现出那晚颜怜菡对自己嚷着的话：“你根本就不懂爱情，不知道浪漫为何物。”在颜怜菡转身的那一刹那，肖韶炎便在心里发誓，他一定会让颜怜菡后悔，他也一定会让她看到什么才是真正的爱情。虽然话是这样说，但对于爱情，肖韶炎思考了很久发现自己还真是不太懂。

所以现在，看见站在自己面前朝气蓬勃的女孩子，肖韶炎的脑子里突然萌生了一个想法，而且越想越觉得可行度很高。肖韶炎上上下下、前前后后地打量了夏默然一番，然后半眯着眼睛，一脸高深莫测地说：“要我还你项链也行，不过你得先答应我一个条件。”

对于肖韶炎的突然转变，夏默然有些愕然，她刚刚还在想要是肖韶炎一直不承认或者项链是真的不在他那儿怎么办，她总不可能把肖家翻个底儿朝天吧。可是肖韶炎的这句话无疑让夏默然提着的心放下了，至少她知道项链还在。

“好，你说吧，什么条件？”夏默然也答应得爽快。

肖韶炎的眉头一挑：“从明天起，做我为期三个月的女朋友，我要知道什么是爱情，而且要证明给所有的人看！”

可爱的一面

One

夏默然站在学校的林荫道上，周围来来往往的人流一点也没能让她转移视线，或者说现在的她本身就处于视线呆滞状态。此刻她的脑海里不断地闪现昨晚肖韶炎说话的情景，而她竟然也就那样答应了。现在想想，还真是如同做梦一般。没办法，谁叫她最初和肖韶炎如同仇人一般的关系现在竟然一下了演变成了亲密的情侣关系！

夏默然到现在都还有些不真实的感觉……

“我见你站在这里发呆很久了，在想什么呢?”路黎析从夏默然的身后走了过来，站在她的身边问。

夏默然没有什么反应。

路黎析抬手轻轻推了推她，“默然……”

夏默然这才回过神来，转头望着身边的路黎析一脸茫然地发出一个单音：“啊?”

路黎析把手插在裤兜里，笑得一脸温和，“你在干吗呢?”

“发呆。”夏默然一边说一边朝前走，路黎析就跟在她的身边，夏默然问身边的路黎析：“你今天来上课了呀?”

“嗯，昨天有点不舒服没来。”

路黎析的声音很轻，夏默然偏头看他，这个斜视的角度正好看见他的眼睛下面的骨头那里有点淡淡的淤青。夏默然想那应该是肖韶炎揍的吧，看着下手还真不轻。

“疼吗?”下意识的这句话就这样脱口而出。

“啊?”路黎析转过头来看她，脸色茫然，不知道是没听清楚夏默然的话还是不知道怎么回答。

“脸。”夏默然抬手指指他的脸。

路黎析这才反应过来，抬起手摸着脸上淤青的地方，“你说这里呀，跟肖韶炎打架弄的，那小子下手可真狠。”

夏默然不明白为何路黎析说这个的时候声音轻快得就像是在谈论今天的天气有多好，被人揍不是应该不开心嘛，尤其还是被情敌揍，可是为何在路黎析的身上半点也看不出来。夏默然觉得自己看不透路黎析，这样的男生身上就像有一团迷雾，在你以为你快要看清的时候，才突然发现自己不过是走进了另外一条曲深的巷子，前面是什么依旧一片迷茫。

夏默然没有问他和肖韶炎还有颜怜菡之间的事，毕竟那跟她没有一点的关系，即便她现在算得上是肖韶炎的女朋友。

“是回教室吗？一起吧！”路黎析也没有说别的事情，两人都心照不宣，仿佛那件事本身就没有发生一般。

“周末学校组织学生去养老院帮助老人打扫卫生什么的，你去吗?”

夏默然同路黎析两人走在校园里，途中时不时地有同学拿眼偷瞄他们。起初夏默然还有些不解，但没两分钟也就释然了，想想学校八卦的速度和一点小事就能起的旋风，夏默然还是决定直接无视比较好。

先前因为正走着神，所以没听清路黎析说了什么，于是夏默然不好意思地开口：“你刚才说了什么?”

“我说，周末学校组织学生去养老院帮助老人打扫卫生什么的，你去吗?”路黎析也不在意，笑着又重复了一遍。

夏默然停下脚步愣了一下，转头看向身边的路黎析，“你是说我们学校?”

路黎析点头，“对呀，怎么了?”

夏默然突然一下子就笑了出来，继续朝前走，一边走一边说：“没想到咱们学校还做这样有意义的事。”

“你这话可就有歧义了，哪所学校不组织做这样的事了?”

“也对，只是吧，我以为像你们这样的贵族学校不一样。”

“什么贵族平民其实都一样，大家都是长着一个鼻子两个眼睛而已，对社会的责任感还是应该有的。”

夏默然点头，“我以前对贵族的公子小姐并不看好，甚至到现在看见学校里的一些小姐们也是。可是你让我看见了不同的一面，值得尊敬的一面。”夏默然看着路黎析说得很认真，她觉得不管他跟肖韶炎和颜怜菡之间是怎么样的纠葛，那都不妨碍到她看眼前这个男生的眼光和好感。毕竟，感情本就是没有道理可言，说不清对错，虽说她还没有谈过恋爱，但是电视和小说还是看过一些的。

“那需要报名之类的吗?”

“不用，这事是我负责组织的，你要来的话，星期天早上八点在校门口集合。”

路黎析说完这句话便转过楼梯向着楼上去了，夏默然这才回过神来，原来在不知不觉间，自己已经走到了自己班级的楼层。望着路黎析上楼的背影，夏默然突然觉得这个男生很高大。

“你在看什么呢?”欧阳瑞卿从教室里出来，刚好看见夏默然站在楼梯口发呆。

“啊?”夏默然转过头去，正好看见欧阳瑞卿整个身子懒散地靠在栏杆上。“你怎么会在这里?”夏默然有些惊讶。

“我站在自家教室门口很奇怪吗?”

夏默然这才注意到自己旁边的确是欧阳瑞卿所在班级的教室门口，抬手抓抓头发，笑得有些不自然，“没……没有，我没看清。”

就在这时，肖韶炎正好从隔壁的教室走了出来，“你们在干吗?”

夏默然转过头去，眉头轻微地蹙了一下，没办法，谁叫她到现在还不能适应这样相安无事地和肖韶炎站在一块儿呢。

“聊天。”回答的是欧阳瑞卿，他的唇角向上，眼睛半眯着有些像是在笑的样子。

肖韶炎挑眉，走过来同欧阳瑞卿站在一起，却是对着夏默然在说话：

“喂，早上干吗不等我?”

肖韶炎的问话令夏默然一愣，她望着肖韶炎一脸平静的表情自己却平静不起来，吞了吞唾沫，说：“以前不也是这样吗，我们什么时候一起上过学了?”

“以前是以前，现在不一样了，所以以后你都得等着我一起。”肖韶炎的声音有着命令的语气。

“喂，我爱什么时候走是我的事情，你不能剥夺我的权利，也不能这么霸道。”夏默然翻起了白眼，反正肖韶炎的语气就是让她听着不舒服。

“夏默然，你怎么就没有身为别人女友的自觉性呢?”肖韶炎越过欧阳瑞卿上前，站在夏默然的面前，与她大眼瞪小眼。

“这跟自觉有什么关系？完全是两码事，你要尊重我的意愿。”夏默然没有半点后退的打算。

“你……”

肖韶炎的话还没出口，就被站在一边的欧阳瑞卿打断了，“停，两位，在你们争吵之前能不能先为我这个听众解释一下，如若我没有猜错的话，你们现在的关系是……”

“关你什么事！”欧阳瑞卿的话还没有说完，就被肖韶炎和夏默然两人异口同声的话给顶了回去。

欧阳瑞卿闷闷地摸摸自己的鼻子，他突然觉得眼前的这两个吵得面红耳赤的人是不好惹的。以前也就只有肖韶炎霸道一点，没想到现在还加了一个夏默然，欧阳瑞卿在感慨日子不好过的同时，也在心里小小乐和了一番，至少他知道以后的日子不会太过无聊，就算只是看看肖韶炎和夏默然吵架也能打发掉很多无趣的时间。

“容我提醒一句，此地乃公共场合，你们不怕引来越来越多的围观者的话大可继续。”欧阳瑞卿插嘴，一边无奈地耸肩，一边示意两个争吵中的人看看四周已经开始有人注意到这边并且蠢蠢欲动有准备移步过来围观的趋势。

夏默然和肖韶炎也注意到了，都适时地停了嘴，两人在互瞪着对方的同时又听见一旁的欧阳瑞卿下结论，“所以，依照目前的情势和我八九不离十的猜测，你们在交往?”

欧阳瑞卿的话刚落就见有两个很强势的目光齐齐地转向自己，像是要把他活生生地刺出几个洞般，“你们俩瞪我干吗，我又没怎么样?”

看着一脸无辜的欧阳瑞卿，夏默然这才收回了目光，肖韶炎也转过了头看向夏默然，“后天周末咱们出去玩吧，就当培养一下感情。”

“后天我没空。”

“周末你怎么会没空，家里的活也不要你做了，你就负责和我出去玩就好了。”

“我都说了，我没空，周末我要出门。”

“出门，去哪里?”

夏默然本不想回答，但是见肖韶炎一脸你不说咱就耗下去的表情，微微地叹了口气，说：“路黎析说周末学校组织学生去养老院帮助老人打扫卫生什么的，我要去养老院。”

“为什么是路黎析说的，你和他什么时候见面了?”肖韶炎在听见路黎析三个字的时候脸色沉了些。

“我们先前在学校碰见的呀。”对于肖韶炎的表情夏默然看在眼里，她想肖韶炎和路黎析这个仇，估计一时半会儿是解不了的了，但是她还是不希望因为肖韶炎而让她失去一个值得交的朋友。

“以后你给我离他远一点。”肖韶炎的声音有些低沉。

“喂，你不能因为你们之间有过节就让我不交朋友呀，去养老院那可是做有意义的事情，我又不是去玩的，再说了，去的同学多了，又不是只有我和他两个人。”

“我不管，反正你以后离他远点就行了。还有周末我也去，咱们一起去养老院。”肖韶炎一边说一边拉着夏默然的手往教室走。

肖韶炎这突然的转变让夏默然很不适应，她望着肖韶炎笔挺的后背发呆，甚至忽略了此刻自己的手正被肖韶炎握在手心里。

Two

夏默然很是郁闷，她原本以为肖韶炎只是说着玩的，可是当自己早上一大早爬起来，洗漱完毕后坐在餐桌上吃饭时，就见肖韶炎穿着睡袍从楼上走了下来。井婶穿着围裙从厨房出来，本来想问夏默然还要不要点别的吃的，就看见肖韶炎已经走到了餐桌前，双眼有些迷蒙，像是没睡醒似的。

“你今天怎么这么早就起来了，平时不都是睡到中午吗?”夏默然很是惊奇，她在肖韶炎家里住了这么长一段时间，可没见过哪个周末肖韶炎是在中午之前起床的。现在能在餐桌前看见他，还真是一个比较大的冲击。

肖韶炎拉开椅子坐了下来，一只手撑着头，懒散地朝夏默然看去，“你不是说今天要去养老院吗，我要跟你一起去。”

夏默然拿筷子的手一顿，“你真要去呀？我以为你说着玩的呢!”

“我像是那种爱开玩笑的人吗?”肖韶炎抬手指着自己。

夏默然想也不想地点了点头，在看见肖韶炎的脸色瞬间黑下来的时候才急急地收了回去，“你要吃什么早餐？我去给你做。”

站在一旁的井婶适时地开口说：“默然你坐吧，我去做，马上就好。”

夏默然喜欢吃中式的早餐，但是在肖家住了这么久她是了解肖韶炎的饮食习惯的，他一般都吃西式的早餐，一杯牛奶一个三明治，吃着比较简单，做起来也不太费力。

“不用了，你给我盛一碗和她一样的黑米粥来。”肖韶炎抬手指指夏默然的饭碗，“偶尔换换口味也不错。”

夏默然看着肖韶炎不知道要说什么，干脆直接低头继续吃自己的饭。

肖韶炎吃饭慢条斯理的，夏默然坐在一边看着，脸上不自觉地露出了笑容。肖韶炎不解，抬起头来问她：“你笑什么?”

夏默然收回笑，看着肖韶炎，“没有，我就是突然想到每次看电视的时候那些有钱人家的孩子也像你这样‘食不言寝不语’。那时候呀，我还以为是假的，现在看来，原来都是真的，真不知道是该说你们的教养严格

呢，还是同情你们少了一家人吃饭的乐趣。”

“我已经很久没有和家人一起吃饭了，即便是和他们住在一起，一起吃饭的时间也很少。”肖韶炎淡淡地开口，语气平淡得像是在陈述今天的天气。

夏默然突然有些同情起这样的肖韶炎来，“那我以后陪你吃饭吧，两个人吃总比一个人吃要热闹点。”这么不经大脑思考的一句话就这样脱口而出，语气有些急切，听上去有些冲动。

肖韶炎一愣，抬起头来看着夏默然，足足看了有一分钟，看得夏默然都有些不好意思起来，才缓缓地开了口："好呀。"

也不知道是不是错觉，夏默然就是能够从那声音里听出缓和的气息来。她突然觉得其实肖韶炎不霸道、不蛮不讲理的时候还是挺不错的，甚至他温和起来的时候，会让她忍不住想要靠近。

等夏默然和肖韶炎同时出现在学校门口的时候已经有些晚了，夏默然一边走一边不满地朝着身边的肖韶炎嚷着："喂，叫你快点吧，你看都迟到了。"

“不是都还在这里么，你急什么。”肖韶炎走在夏默然的身后，双手插在裤兜里，一副酷酷的样子。

夏默然翻着白眼，决定不理会他，自己先去找路黎析。

肖韶炎的出现让周围的人频频侧目，可他却像是个没事人似的环视了一眼四周，没见到几个熟人，便朝着夏默然的方向去了。

“不好意思，我来晚了。”夏默然来到路黎析的身边，此时的他正在同一个男生说话，见夏默然过来只是先点了下头。

夏默然站在一旁，路黎析又简单地和那个男生说了两句便打发他先走了，这才转过身来对一边的夏默然说："不晚，大部队还没有走呢。"说完后低头看了看手腕上的表，"不过现在也差不多了，也该出发了。"

路黎析刚抬起头来就看见出现在夏默然身后的肖韶炎，他有些讶异，“韶炎，你怎么来了?”

肖韶炎先不理会他，直接上前伸手搂过夏默然的肩膀，然后才抬起头一脸酷酷地看向路黎析，说：“我陪她一块儿来的。”

夏默然转头看着肖韶炎放在自己肩膀上的手忍不住翻起白眼，可是最终她还是没有推开肖韶炎的手，毕竟现在怎么说她也是他名义上的女朋友，面子这种东西是尤为重要的，尤其还是在前情敌面前。

路黎析的眼神在两人之间转了几个来回没有说什么，只是淡淡地点了点头，说：“那走吧。”说完便绕过两人对着其他的同学说，“大家排好队上车了，管理好自己随身的物品。”

见路黎析忙活正事去了，夏默然便挣脱肖韶炎揽在自己肩上的手，“肖韶炎，我这真不是去玩的，你没事还是回去吧。”

“韶炎！”一个简单的词从肖韶炎的嘴里吐出。

夏默然有些反应不过来，呆愣地看着他，“啊？”

“我说叫我韶炎，当然你要叫亲爱的之类的我也不介意。”

肖韶炎的声音有些慢，听得夏默然眉头紧蹙，她很想说她介意，但是又想想现在两人的关系，肖韶炎肖韶炎的叫好像是有点生疏了。于是，她便只得妥协地点头：“好，韶炎就韶炎。那请你正视我先前的问题。”

“那个呀！”肖韶炎的声音拖得有些长，“谁说我是来玩的，我也是来干正事的。”

听见肖韶炎煞有其事的音调，夏默然也不知道该说些什么，只得随他去了，毕竟连组织活动的路黎析都没有过问一句，她实在是没有资格把他赶出去。

上了车，一直到大巴驶进养老院的大门，夏默然都没想明白肖韶炎跟来究竟是为了啥，她可不认为他真的只是单纯地来帮忙的。

下了大巴，所有的人都集合在一起，路黎析便开始分组。走到肖韶炎身边的时候便问：“你要跟谁一组？”

肖韶炎指指身边的夏默然：“她。”

路黎析刚想说什么的时候，又见肖韶炎伸手拉过夏默然补充了一句：“我们两个一组。”

不等路黎析发表意见，夏默然便朝着肖韶炎低吼了起来，“肖韶炎你是来捣乱的?”

肖韶炎也不理会，直直地望着路黎析：“怎么，这不能两个人一组吗?”

路黎析也不恼，点头同意：“行，那就你们俩一组。”说完便去安排别的事情去了。

望着路黎析越走越远的背影，肖韶炎一声冷哼，听在一旁的夏默然的耳里有些想笑，“肖韶炎你很幼稚。”

“夏默然，要是平时你说这话我铁定揍你。”肖韶炎眉头微蹙。

“自己敢做还怕别人说。”夏默然说完便随着大部队朝着养老院里走了，肖韶炎是搂着夏默然的，她一动他也就跟着动了。只是夏默然的眉头又忍不住皱在了一起，脑袋微偏，视线落在放在自己肩头的肖韶炎的手上，“现在已经没有人了，你也不用做样子给谁看了，所以放开吧。”

“谁说我要给别人看的，我只是在享受自己的权利。”肖韶炎脑袋微扬，一副这就是事实的样子。

“懒得理你。”夏默然摇头，又转头认真地看着肖韶炎，“这可是养老院，咱们不是来谈情说爱的，所以，麻烦肖大少爷把你的手移开。”

肖韶炎这次倒是很听话地松开了自己的手，“行，那走吧。”

夏默然还是直接找到了路黎析，毕竟她也是第一次来养老院，具体要做些什么她也不是很清楚，所以只有先问问路黎析这个总指挥了。

“有什么是我能干的吗?”夏默然过去的时候，路黎析正在整理东西。

“有，陪老人聊天，给他们解解闷儿。”路黎析埋头整理着资料。

一旁的夏默然见他忙也就不好意思再打扰，只得点着脑袋说：“嗯，好。”她刚转身要走，就又被路黎析叫住了。

“在那之前你先和我去一个地方。”

夏默然回头，正好看见路黎析站起身来，手上拿着整理好了的资料袋，一边说一边朝着停在外面的大巴走去。

夏默然不解，但是还是跟在了路黎析身后。而在夏默然的身后则跟着

自从走过来就一言不发的肖韶炎。

路黎析从大巴放行李的车厢里拿出了一大口袋的东西，夏默然伸长脑袋看了一下，里面还有一个同路黎析手上拿着的一样的被装得满满的大袋子。夏默然正要上前去帮忙拿另外一个，就听见路黎析的声音："站在那里干吗，过来帮忙呀！"

夏默然愣了一下，本以为路黎析是在同自己讲话，但是看看自己现在所站的位置，显然不是对自己讲的。她刚抬头想问问究竟怎么回事，就看见肖韶炎大步地朝着这边走了过来，然后越过夏默然，伸长手把车厢里的另一袋东西搬了下来。

路黎析是在和肖韶炎说话，这个迟来的认知吓了夏默然一大跳。她站在原地傻愣着看着肖韶炎的动作，脑子瞬间当机。

他们两个不是应该势同水火吗，不是应该互相仇视吗，不是应该有多远闪多远老死不相往来吗？可现在究竟又是怎么了，肖韶炎竟然听话地把东西搬了下来，两人之间和谐得像是什么事也没发生过。

夏默然觉得自己是产生幻觉了，她止不住地抬手拍自己的脸。只听见"啪"的一声清脆响声。

"你傻呀，自己打自己。"肖韶炎的声音里带着嘲弄。

肖韶炎的声音拉回夏默然飘远的思绪，涣散的目光渐渐地开始有了焦距，看着两个离自己不同距离的男生都站在原地直直地看着她。她这才轻咳两声，暗骂自己丢脸，然后装作没事地问路黎析："你们拿这些东西去哪里呢，重不，要不要我帮忙？"

夏默然这话一落自己又傻了，她只有一个人，这儿有两个人，她应该要帮哪一个？

"不用了，你去把那辆白色的小面包车的车门打开。"路黎析仰着脑袋朝夏默然示意。

"噢，好。"

夏默然快步跑过去打开了车门，路黎析和肖韶炎先后把手里抱着的袋子都放了进去。之后，路黎析打开驾驶座的车门坐了进去，对夏默然说：

"上车。"

夏默然点头去拉车门，却被肖韶炎适时地抓住了手。

"去哪?"肖韶炎挑眉问路黎析。

"孤儿院，你去吗?"

肖韶炎看看夏默然，才抬头对路黎析说："去，当然去。"说完，自己伸长手拉开了后座的车门，把夏默然推了上去，自己也随后跟着坐了进去。

Three

路黎析开车转着山路，车子大概行驶了半个小时便到达了目的地。

院子里的孩子很多，看见有车子进来，都停下来朝这边看了过来。在路黎析打开车门走下车的时候，一群孩子都立刻露出了笑脸围了上来。

路黎析先是和他们打招呼，熟识的样子让人一看就知道他常来这里。夏默然和肖韶炎同时下了车，就站在一边看着。

"喂，你干吗笑成那样?"

肖韶炎的声音有些大，夏默然转头看他，"你不觉得那些孩子的笑很干净明亮吗？看着他们你会忍不住想要跟着笑。"

"有吗?"肖韶炎也望着那些孩子，"可是我觉得好吵哦。"肖韶炎的眉头忍不住皱在了一起，唇角轻嘟。

夏默然突然不知道要说些什么好，可肖韶炎的话又是那么直率，让人不忍责怪他。

"喂，你们俩站在那儿干吗？来帮忙呀。"路黎析朝着两人喊道。

夏默然和肖韶炎同时转头，路黎析此刻已经又回到了车子旁，正在着手搬车上的那两大袋东西。夏默然推推身边的肖韶炎，叫他过去帮忙。

肖韶炎过去，夏默然跟在身后。"搬到哪儿?"肖韶炎问。

"搬下车就好。"

"那你一个人不会搬哦，就提一下。"

"我一个人忙不过来，你搬下来后就和默然打开袋子给孩子们派发。"

“我为什么要听你的?”

肖韶炎有些不高兴，路黎析全当没有看见，“我只是请你帮个忙!”

“我为什么要帮?”

“你这不是已经帮了一半了吗? 有始有终嘛，再帮一下又不会掉一块肉。”

“不要，我干吗要听你的?”

夏默然站在一边听着两人的对话猛翻白眼，这两人真真是太太太无聊了，“你们能说点有涵养的话吗? 又不是现在才五六岁，也不怕小朋友们羞羞脸。”

两人适时地停住了对话，路黎析打开自己搬下来的那个大袋子，“小朋友们都过来，发礼物了哦。”路黎析的话音一落，一大堆孩子都吵嚷着围了上来。

路黎析笑着发礼物，一脸的慈爱，途中有小孩过来拉着肖韶炎的衣角要礼物。肖韶炎低头盯着拽着自己衣角的“小萝卜头”发呆了半晌。夏默然以为他会发脾气，却没想到肖韶炎虽然锁眉，可还是对那孩子说:“你等等。”然后便走回面包车边，把车上的另一袋东西搬了下来。

很多孩子见肖韶炎脚边也放了一个大袋子，都迅速地跑了过来，吵嚷着要礼物。

“喂!喂!不要抢，一个一个来。”肖韶炎一边发礼物一边对着小朋友们说，他的语气虽不温和，甚至有些孩子气的霸道，可听在耳里却也让人忍不住想要笑。

“夏默然你站在那里做什么，过来帮忙发礼物呀，这些小鬼把我衣服都要扯破了。”肖韶炎手里派发着礼物，嘴里却是朝着夏默然嘟囔。

“你穿的衣服在我眼里那可都是天价，哪那么容易破呀。”夏默然虽然这样说却也抬步走了过去，帮忙派发礼物。

因为孩子比较多，所以一大袋的东西很快便没了，所幸每个孩子手里都至少拿了一样。在发出最后一件礼物的时候，肖韶炎却是对着路黎析嘟囔了一句:“你怎么不多买点?”

路黎析挑眉，“刚才是谁拿个东西吵闹半天的，现在还嫌我买的少，那肖二少下次出钱多买点好了。”

“买就买，只要他们喜欢，买一卡车都行。”

“这可是你说的，我记住了，下次可要履行承诺。”

肖韶炎脑袋一偏不去理会路黎析，刚好两个小孩跑了上来，拽着肖韶炎的裤子和衣角说：“哥哥，和我们一起玩吧。”

肖韶炎低头，正好看见两张满怀期待的脸，想要拒绝的话到了嘴边却怎么也说不出口，最后只化成了一句：“你们要玩什么？”

“老鹰捉小鸡。”较小的一个女孩子想也没想地说。

“啊？这么幼稚的游戏噢！”肖韶炎拉长了脸。

“那要不然办家家好了，你做我的帅老公。”较大的那个孩子补充说。

肖韶炎一听，整个脑子瞬间卡带两秒，末了才挤出一句话：“那还是老鹰捉小鸡吧。”

两个孩子一高兴，高声一呼，所有的孩子都跑了过来，嚷着也要一起玩。

“夏默然你要不要一起玩？”肖韶炎转头看向一旁正笑着看他们的夏默然。

“啊！我先去一趟洗手间，你们先玩。”

“什么人呀，关键时刻掉链子，我们玩就我们玩。”肖韶炎不满地嘀咕。

等夏默然回来的时候肖韶炎已经和小朋友们玩到一起了，夏默然站在院子一边的一棵老槐树下微笑着望着他们。她还是第一次看见这样的肖韶炎，笑得一脸的灿烂，玩得像个孩子，还会为了一点小事跟比自己小很多的小男孩争吵。

“其实韶炎就是一个大孩子。”路黎析的声音从夏默然的身后传来。

她回头，一脸惊讶地看着他：“啊？”

路黎析脸上带着淡笑，眼神看向正同孩子们玩得起劲儿的肖韶炎身上：“我跟他从小就认识了，其实他是个很单纯的孩子，就是脾气坏了一点。”

“你们不是仇人吗?”

“他这样跟你说的呀!”路黎析转过头来，脸上依旧带着淡笑。

夏默然摸摸鼻子：“没有，我猜的，我听到一些事情，所以以为你们的关系应该是势同水火。”

“是吗?”路黎析只是笑，没有做什么回应或辩驳。

夏默然觉得自己看不清这两个男生之间的关系，从肖韶炎那里看，他们是情敌，是敌人。可路黎析却一副两相熟的样子，甚至看着没有半点的隔阂。两人给她的反差太大，可是夏默然就是有种感觉，他们之间的感情不是一两句话就能说清楚的，至少不是传言中的那般。

夏默然甚至觉得如果他们之间没有颜怜菡，两人应该是很要好的朋友才是。

“你在想什么?”

“我在想你和肖韶炎究竟是什么关系。”

夏默然抬头刚好看见路黎析半眯着的眼，“那你觉得我们应该是什么关系?”

“我不知道。”夏默然回答得很诚恳。

“怎么说呢，我和肖韶炎从小就认识，两家也算得上是世交了。我比他大一些，但是他却从来不叫我哥哥，我们从小就是互叫名字。小时候吧，他臭屁得让我特看不顺眼，我估计他也看我不顺眼。我们小时候会为抢一件玩具打架，再大点我们会为同时想抓一条鱼结果没抓到而互相埋怨，大打出手，再后来会以抢到对方喜欢的东西为乐趣。”

路黎析的声音一直淡淡的，夏默然的脑子里却不受控制地闪现一些两人争吵抢夺的场面，虽然只是自己设想的，但是想想她都觉得有些好笑。应该怎么形容呢，两个长不大的孩子?

“那，颜怜菡呢?她也仅仅是你们争夺的游戏吗?”夏默然下意识地脱口而出。

路黎析哧笑出声，转过头来看夏默然：“如果我说早在上高中的时候

我就没有想过要抢韶炎的东西了，你相信吗?”

夏默然望着路黎析的眼睛看了半晌，最终还是点了点头：“我相信。”

路黎析转过头，看着场中央正玩得高兴的肖韶炎，低沉的声音飘荡在空气里：“颜怜菡不是韶炎看到的那么单纯。”

“所以，你是在帮肖韶炎了。”夏默然望着路黎析的侧脸，她可以清晰地看见他精致的下巴线条。

对于夏默然的问题，路黎析没有再做出回应。倒是肖韶炎不知道什么时候看见了他们，跑过来对着两人嚷：“喂，你们坐在这里干什么，赶快来一起玩呀，我都快被这群小鬼折腾死了。”

夏默然和路黎析相视一笑，又同时摇摇头，一起朝着肖韶炎的方向走去。

“夏默然你来做老鹰，来抓他们，这小子笨死了，抓了半天都抓不到。”肖韶炎一边说一边指着站在自己面前比较个高的男生说。

“什么嘛，明明是你都不让着小朋友。”被说的男生不服气地顶了回去。

“□，我为什么要让你呀，懂不懂游戏规则呀。”肖韶炎以同样的语气回复。

如果不是知道肖韶炎的真正年龄，夏默然真的会以为他只是个头比较高，但实际却同那些孩子一般大小。怎么能够和小孩子说话还说得这么理直气壮的？但是他又不会让人觉得有距离，因为这一刻他就是一个孩子，任性起来竟会让人觉得有些可爱。

“你们都在磨蹭什么呀，女人就是麻烦。”不知道什么时候肖韶炎竟然已经转过头来对着夏默然说了。

“我……我麻烦，那他呢?”夏默然抬手指着自己的鼻子，瞪大眼睛看着肖韶炎，很不满他的这个说法，便转手指指身边的路黎析。

“总之都很麻烦。”抢在肖韶炎前面回答的竟然是那个先前还在和肖韶炎吵嘴的小男孩。

肖韶炎低头看那男孩，摸摸他的头，笑了。

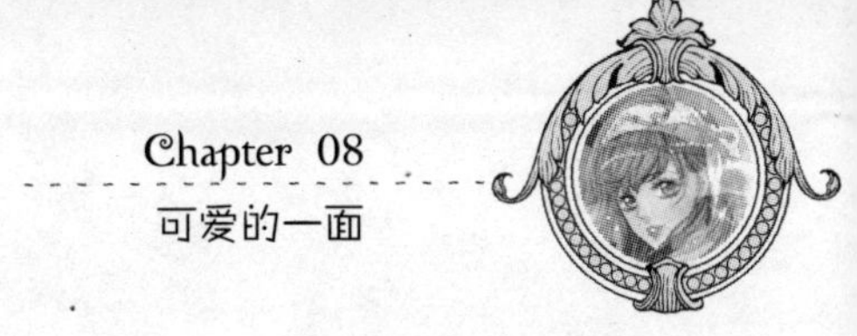

三个人同孩子们又玩了一会儿，看着天色也不早了，加上还要回养老院去，便同孤儿院的负责人和孩子们告别了。告别的时候那孩子抓着肖韶炎的手问："你下次还会来玩吗?"

肖韶炎低头看他："当然。"

男孩望着肖韶炎牵着夏默然的手："这个姐姐是你女朋友吗?"

肖韶炎看看夏默然，点头："是呀，你要干吗?"

小男孩鼻子一哼，脑袋微扬："神气什么，下次我也带我女朋友给你看。"

"哈，你这小鬼。"肖韶炎笑着伸手揉揉男孩的头。

之后三个人便上了车，回去了。

"这地方还不错，我挺喜欢的。"坐在车上的时候，肖韶炎发表自己的意见。

驾驶座上的路黎析轻笑出声："那你有空了可以常来。"

"没看出来你还这么有爱心。"肖韶炎懒散地靠在驾驶座上，眯着眼睛缓缓地开口。

"我也没想到你这么有童心。"

沿途的风景很漂亮，夏默然趴在车窗上看，耳边一直回转着肖韶炎和路黎析一来一回半是嘲讽的对话。清风温柔地拂过脸颊，夕阳的余晖映照的风景显得格外迷人。夏默然的唇角一直泛着微笑，这一刻她感到前所未有的宁静舒适。

Chapter 09

约会

One

经过养老院和孤儿院这么一趟，肖韶炎和夏默然交往的消息如同夏天的雷阵雨般瞬间倾泻在了校园里的每一个角落。传言从最初的颜怜菡劈腿，肖韶炎是受害者，到最新的版本：肖韶炎才是真正移情别恋，颜怜菡不过是一个被抛弃了的可怜虫而已。而传言最甚的还有夏默然这个女生有多厉害，竟然能把肖韶炎从颜怜菡的手里夺过来。

对于这些乱七八糟的传言，夏默然都是一笑置之，从不予理会，毕竟个中缘由只有自己知道而已。

“有没有什么最新的消息要透露?”殷筱筱坐在夏默然的座位前，一只手撑着下巴一脸的好奇。

“没有，你不是不八卦的吗！”夏默然合上手中的书，抬头看向殷筱筱。

“我这不叫八卦，我这叫关心朋友。”殷筱筱说得煞有其事。

“那我真是要谢谢你呀！”夏默然忍不住伸手过去拍拍夏默然的脸，“可是亲爱的，我身上真的是一点新闻也没有。”

“难道传言都是骗人的?”殷筱筱一脸的失望。

“嗯哼。”夏默然似笑非笑。

“好可惜。”殷筱筱一脸的失望。

夏默然拍拍她的肩便走了出去，走在校园里总能引来异样的目光，夏默然自认是个低调的人，在她过去的十六年的生活里，除了成绩外她一直都是个平凡的孩子。却在她转到南翱高中来念书后似乎一切都改变了，这

备受关注的目光连她自己都觉得惊讶。她真的不知道是应该感慨自己魅力变大了还是该说这学校的人都太无聊了。

夏默然在不知不觉间竟然绕完了大半个校园，抬头间才发现自己竟走到了篮球场外的一块空地前，那里刚好有几根单杠。而此刻站在单杠前的两个男生刚好是她所认识的，夏默然在原地停顿了两秒，恰巧那两个男生也刚好朝她看了过来。

“你们开大会呢！”见别人已经发现了自己，夏默然先前心里泛起的打扰了他们的想法也一扫而空了，提步朝着那两人走了过去。

那两人不是别人，刚好是路黎析和欧阳瑞卿两人。

“你怎么转到这儿来了？”开口的是欧阳瑞卿。

“学校就这么点大，转到这里来很奇怪吗?!”夏默然身子靠在隔壁的一根单杠上，“你们在这儿干吗呢？”

“打篮球。”路黎析开口，夏默然这才注意到放在他脚边的篮球。

“就你们两个呀，那多没劲。”

听夏默然这样一说，路黎析和欧阳瑞卿都笑了出来：“是挺没劲的，所以我们现在才不打了呀。”

三人你看看我我看看你一阵沉默，半晌夏默然终于忍不住打破了沉默：“是不是我来的不是时候，你们怎么都不说话？”

“没有呀，我只是在想你和韶炎是怎么走到一起的。”欧阳瑞卿手指轻抚下巴，对于这突如其来的关系，他真的是有些好奇。

“就那样就走到一起了，有什么好奇怪的。”夏默然强装镇定，打着哈哈。

“唉，我只能说缘分这事简直是太奇妙了。”欧阳瑞卿感慨，“什么时候也让我遇见这么一段。”

夏默然同路黎析相视一眼，不由自主地摇头轻笑。

“你们都在干吗呢？”一个冷淡的声音从三人的身后传来。

夏默然回头，肖韶炎不知道什么时候来的，此刻正站在那里。他的双手插在裤兜里，正一眼不眨地看着他们。夏默然被看得有些头皮发麻，连

她自己也不知道为什么会有一种胆怯的感觉，她又没有做错什么。

“你怎么会来?”夏默然突然理解到先前欧阳瑞卿为何也是这样问了，实在是找不到什么话题，就只得说这个了。

“学校就这么点大，转到这里来很奇怪吗?!”

肖韶炎的话音一落，扑哧一声，路黎析和欧阳瑞卿都笑成了一团，连一边的夏默然都不由自主地挑了挑眉。

“干吗?”肖韶炎眉头微蹙，一脸疑惑地望着大家。

“我算是明白你们是怎么走到一起的了，绝对是绝配。”欧阳瑞卿走到肖韶炎的身边，伸手拍了拍他的肩。

“什么意思?”

欧阳瑞卿没有回答，肖韶炎又看向路黎析，可此刻的路黎析也只是一副似笑非笑的表情，等肖韶炎把目光转向夏默然的时候，夏默然直接选择偏过脑袋。她实在是有些不好意思，总不能告诉他，他们可算是心有灵犀，这句话刚好她先前也一字不差地说过。

想想夏默然都觉得窘迫！可是肖韶炎的目光太过锐利，让人难以忽略。夏默然只得抬起头巧笑地对他说：“别听他们瞎说，咱们打篮球吧，刚好四个人二对二。”

“怎么分队呀?”肖韶炎问。

欧阳瑞卿扑哧一声笑了出来，“你别逗了好不好，当然是你和默然一队，难不成你还想和我一队，让默然和阿路一队?”

“要是真那样我也没意见。”一直沉默的路黎析突然开口。

肖韶炎看看路黎析又看看夏默然，最后还是说：“我和夏默然一队好了。”

欧阳瑞卿捡起地上的篮球，一边吹着口哨一边往篮球场走：“打篮球了。”

路黎析走在中间，夏默然和肖韶炎并排押后。

“那个，我不太会打篮球。”夏默然忍不住结结巴巴地说了出来。

“不会打你刚才瞎嚷什么打篮球。”肖韶炎翻起白眼。

“我……”夏默然语结，斜眼瞟了一眼肖韶炎，正好看见他翻白眼的画面，“喂，肖韶炎，你够了哦。我就是不会打怎么了，最多我不和你一组，免得连累你。”

“那你要和谁一组，路黎析?!”肖韶炎的眼里闪过火花，转头瞪着夏默然，一副你要是敢说“是”就死定了的表情。

“你这是赤裸裸地威胁，我说你和颜怜菡在一起也是这样的吗？难怪人家甩了你。”也不知道怎么的，这句话就这样不经大脑地吐了出来，像是图一时痛快一般。

“夏默然。”肖韶炎的声音提高了好几分，声音有些冷，带着浓浓的警告味。

四目相对，被肖韶炎这么一看，夏默然顿时不高兴了，也不躲不闪地瞪了回去，两人旁若无人地较起劲来。

“你们俩干啥呢，快点呀。”欧阳瑞卿的声音从远处传来。

夏默然和肖韶炎都回过神来，朝欧阳瑞卿看去。此刻的欧阳瑞卿已经站在了篮球架下，手里缓慢地有一下没一下地运着球，路黎析站在旁边。他的双手依旧插在裤兜里，白衬衫在清风的吹拂中畅快地跳动。

这场篮球节奏打得特别慢，主要是夏默然在里面也快不起来。像是商量好似的，每次篮球到了夏默然手中的时候，欧阳瑞卿和路黎析两人都是装模作样地跑在夏默然的身边，偶尔虚晃一下，却也都没有抄过夏默然的球。任由她缓慢地运球，然后投球。不过夏默然的技术毕竟有限，十投九不中。

大概玩了有二十几分钟，夏默然便借口体力不支下场了。肖韶炎看她，眉头微蹙，却也没有说什么。

剩下的三人玩了一会儿，夏默然这才见识到了三人真正的实力。想到刚才和自己打的那样慢节奏的篮球，夏默然突然很庆幸，至少他们在打的途中没有睡着。

三个人的篮球，看起来也算精彩，夏默然站在一旁看得认真，完全忽略了周围不知道从什么时候开始越来越多的观众。路黎析打了一会儿便也

下场了，说是昨晚没睡好，今天精神状态不佳。

路黎析走过来，夏默然很自然地把先前途中去买的矿泉水递给他。

“谢谢！”路黎析接过，拧开盖子，一边喝水一边看着场上欧阳瑞卿和肖韶炎两个人的战斗。

“我从来不知道你们这么会打篮球。”夏默然望着场中的肖韶炎淡淡地说，此刻她已经能够清晰地看见肖韶炎额头上的汗水。可是他却丝毫没有一点疲惫的样子，反而活跃得让人转不开眼。

“我们几个里面，韶炎的篮球是玩得最好的。不对，应该说除了学习外，要论玩真的没有几个是能玩过他的。他会很多，什么桌球、保龄球、高尔夫、电玩……他都玩得很好。”

“你是在陈述只要他努力就没有做不到的吗？”夏默然笑，“那看来我要努力一点，让他对课本也能有对这些十分之一的兴趣。”

路黎析挑眉，没有再说什么。

“你们在说什么？”只顾着和路黎析说话，一时没注意到欧阳瑞卿和肖韶炎已经结束了打篮球，并且已经走到了他们身边。

路黎析把脚边放着的水递给欧阳瑞卿，夏默然同样的动作把水递给了肖韶炎，“不打了？”

肖韶炎喝了一口水，摇头，“不打了，打很久了。夏默然你有纸巾么？给我擦擦汗吧。”

周围围观的同学并没有因为几人不打篮球就离开，反而站在那里装作看别的篮球架下的球赛，实则看着几人不时地交头接耳，窃窃私语。

夏默然摸出纸巾递给肖韶炎，肖韶炎却不接，他弯着身子，靠近夏默然，指着自己说：“你给我擦吧。”

“你还是自己擦吧，这里人多，大家都看着呢！”

“你现在可是我女朋友，他们爱看就让他们看呗。”肖韶炎理直气壮，反正是没有半点要退让的姿势。

再看看一旁的欧阳瑞卿和路黎析一脸没事的表情，夏默然这才深刻地认识到，他们三人是做公众人物已经做到免疫了，可以完全不管周围人的目光。看来，她得赶快适应才行，至少这三个月里这样的目光可能会随时随地地跟随自己。

夏默然拗不过肖韶炎，最终还是动手给肖韶炎擦了汗。她甚至能清晰地听见周围有抽气的声音。

肖韶炎一脸的笑意，在夏默然要收回手的时候，低声在她耳边说了一句："周末我们去约会吧！"

Two

周末天气格外的好，肖韶炎起了个大早，有了上一次的经验，夏默然已经能泰然处之了。

"我要吃和你一样的早餐。"不知道是不是夏默然吃得特别香的缘故，肖韶炎原先吃西式早餐的习惯已经被夏默然的中式早餐同化了。

像是知道肖韶炎会这么说一样，夏默然早在为自己做早餐的同时也准备好了肖韶炎的那一份。"在厨房里，你自己去端呀。"夏默然淡淡的声音里夹杂着理直气壮的音色。

"你……"肖韶炎刚想说你在我家可是拿薪水的，但又想想现在她是他的女朋友，算了，就给她个面子，自己动手去拿。

望着肖韶炎缓步走进厨房的背影，夏默然的唇角不由自主地微扬了一个弧度，她突然间觉得这个肖韶炎其实还是有一些可取之处的，而且甚是可爱！

祥叔走进来的时候正好看见饭桌上埋头吃饭相处融洽的两人，嘴角不自觉地露出了微笑。他已经很久没有看见这样的少爷了，虽然肖韶炎什么也没有说过，可是在看着他长大的祥叔眼里，肖韶炎已经在不知不觉中变了很多。这一切都是跟默然有关系吧，祥叔慈爱地看着两人，少爷总算是眼睛雪亮了一回，那个颜怜菡小姐虽然家世什么的都很好，但是他就是不喜欢，在他看来颜小姐是不适合他家少爷的。

吃过了早饭，肖韶炎问夏默然："你想去哪儿？我要司机开车送我们去。"

肖韶炎的话让夏默然的眉头紧皱，她瞥了一眼肖韶炎，缓慢地开口："肖韶炎你就不能平凡一次吗?"

"啊?"肖韶炎一脸疑惑地看着夏默然，不知道是没听清夏默然的话还是不懂她在说什么。

"咱们今天就坐公交车出去。"夏默然一边说一边朝着外面走。

肖韶炎跟在夏默然的身后，一边走一边说："可是我没有坐过公交车。"

肖韶炎的这句话让走在前面的夏默然险些摔倒，缓慢地转过身来，眉头微挑，"肖韶炎今天姐姐就带你出去看看外面的世界，不同于你的那个世界，也并不比你的差多少。"夏默然说完，就拉着肖韶炎的手往前跑，一边跑一边对他说，"快点，要不然就又要等下一班去市里的公车了。"

肖韶炎从来没有被人这样牵着奔跑过，刚开始他还想叫夏默然放开，他自己会走，可是在目光不自觉地落在同夏默然握在一起的手上时，肖韶炎还是微微地晃了晃神。有那么一刻，他就是不想再放开了，当这个念头传达到大脑的时候，吓得肖韶炎整个人往后小退了一步。急忙甩甩头，甩掉这些乱七八糟的念头。

夏默然推着肖韶炎上了车，肖韶炎走在前面，夏默然走在后面投币。肖韶炎抓着扶手的时候正好看见夏默然投完币的动作，等夏默然走到自己身边便开口说："喂，你现在是我女朋友耶，给钱这种事当然是我做。"

夏默然看他，直接点头冲他伸手："行，那你把钱给我，就当做刚才是你给的钱。"

肖韶炎伸手掏出皮夹，从钱包里抽出一张红色的一百块钞票给夏默然。夏默然望着他的手扑哧一声笑了出来，"我就知道会是这样。"夏默然没有接过钱，推了推肖韶炎的手让他自己收着。

"怎么了?"肖韶炎不解地看着她。

"这是公交车，一块钱一个人，你拿一张一百的能做什么?这里可没有人给你找零，我这是补你一个常识，坐市内公交车要自己准备零钱，这个可是没有售票员的。"

肖韶炎把钱收回去，站在一边，公交车时停时开，随着离市中心越近，上来的人越多。肖韶炎的眉头紧紧地皱成了一团，嘴里忍不住地抱怨："这么多人，干吗要坐公交车，让司机开车多好?"

"□，坐公交车有什么不好的，你呀，今天就心平气和地，感受一下和你世界观里面不一样的一面，你会发现很多很有趣的东西，我保证。"也不知道为什么，夏默然会让自己说出这样的话。但是在她的心里隐隐约约地就是希望能让肖韶炎看见一个不一样的世界，能让他体验一下作为一个平凡的人的一天。究竟为何会出现这样怪异的想法，夏默然也说不清楚，总之她就是希望肖韶炎能够看看她生活过的世界。

两人在市中心的一个广场下了车，肖韶炎站在人行道上望着川流不息的人群问夏默然："咱们现在要去哪儿?"

"情侣必备约会地点：游乐场。"夏默然说完就大步地朝前走了。

"夏默然你几岁了还去游乐场，而且市中心哪有什么游乐场。"肖韶炎虽然很不满地在嘟囔，但是脚步还是听话地跟在了夏默然的身后。

"市中心虽然没有大型的游乐场，但是我记得这附近有一个公园，环境很美，里面还是有很多供人玩乐的东西，比如摩天轮。"夏默然拉着肖韶炎七拐八拐地穿着小巷子。

"还有多远呀，为什么不打车呢?"走了很长一段路后，肖韶炎开始抱怨。

"就这么点路你都走不了哦，还真是个大少爷，肖韶炎你就这点本事呀?!"

人果然是不能激的，夏默然短短的一句话成功地让肖韶炎闭上了嘴。等两人走到公园门口已经是半个小时之后的事了，肖韶炎站在公园门口眉眼上挑，说："夏默然我发现你的地理学得不太好，这地方能算是市中心么，就算是也是市中心再偏一点。"

"那不都一样吗。"夏默然不理会，直接拽着他的手往里拉。

这个公园建得特别漂亮，尤其是绿化做得特别到位。这个公园有一个很大的特点，用大型石头雕刻的东西特别多，各式各样，线条刚柔相济，

每一笔都是艺术，让人忍不住想要驻足欣赏。

可能因为是周末的原因，公园里的人比较多，有带着小孩玩耍的家长，也有坐在一边喝彩聊天耍太极的老人。夏默然和肖韶炎几乎是走了大半个公园才到了娱乐的地方，这个公园的娱乐设施并不太多，只有摩天轮、小型的过山车、海盗船、碰碰车和一些供较小的小朋友玩的飞机、轮船、跳跳床之类的。虽说看起来不多，细数之下还是有那么十几样。

“咱们先玩什么？”夏默然看向肖韶炎。

“随便。”肖韶炎一边说一边掏钱在入口那儿买了两张通票。

“那就摩天轮吧，我在偶像剧里和小说里经常看见男女主角坐摩天轮。”夏默然拉着肖韶炎向摩天轮走去，肖韶炎一直走得很慢，眉头紧皱，夏默然回头的时候刚好看见这样的他，便好心地停下来问：“你不会有恐高症吧？”

“没有。”肖韶炎摇头继续向前走。

“那你干吗拉长一张脸，咱们可是出来玩的，□，你到底知道不知道什么是约会呀？”夏默然为了同肖韶炎说，便面对着肖韶炎倒着走路。

肖韶炎的脸有些微红，声音低得像是要生气的前兆：“夏默然，我今天不想跟你吵架。”

“哼，还死要面子，不过你和颜怜菡在一起的时候就没有正常地约会过吗？”

“谁会像你这么无聊来这么低级的地方呀。”肖韶炎不满地嘟囔，脑子转向一边不去看夏默然，等他转过头来的时候刚好看见夏默然身后的一块大石头。“小心……”肖韶炎眼疾手快地快步上前，伸手揽过夏默然的腰，在夏默然撞上大石块的前一刻把她揽在了怀里。

突如其来的变故令夏默然有些惊魂未定，等她逐渐平静下来的时候才发现此刻的自己正紧紧地靠在肖韶炎的怀里，她甚至能清晰地听到肖韶炎心跳的声音。夏默然的脸色有些红，急急忙忙地站直身子，从肖韶炎的怀里爬了起来。不经意间两人四目相对，皆是一脸的羞涩，急急地转开了眼。

“你没事吧?”肖韶炎眼神转向一边，声音里隐隐地透着关切。他的心跳得好快，这一点连肖韶炎自己都觉得讶异。难道是自己生病了？可是方才见夏默然要摔倒的那一刹那他是真的吓了一跳，之后的动作仿佛都是不受自己控制一般，整个动作都是在下意识中完成的。

“我……没事，谢谢。”夏默然努力让自己恢复平静，可是整颗心脏却像不是自己的一般，不安分地跳动着，“那，还是继续去玩摩天轮吧。”夏默然说完就埋着脑袋朝前走了。

肖韶炎眼疾手快地伸长手拉住了夏默然，没有看她，却板着声音淡淡地说：“这里人多，我还是拉着你好了，免得又摔了。”

夏默然转头看着肖韶炎的侧脸，他侧脸的线条近乎完美，夏默然本想要反驳两句的，可是在看见这样的肖韶炎的时候想说的话又被自己活生生地吞了回去。眼神不由自主地落到同肖韶炎交握在一起的手上，这一刻少了偏见和别扭，反而心里有一股暖流划过。这样的反应让夏默然很是压抑，却没有多大的排斥，毕竟在这个世界上能给她这样感觉的人实在是不多了。所以她突然间很想要抓住这种感觉，哪怕是一点点也好，她实在是孤独太久了。

肖韶炎拽着夏默然坐上了摩天轮，在某些事上两个人都是比较冷静的，因此不像别的人那样大吼大叫。当摩天轮缓缓地上升，两人坐在那个狭小的空间里，你看看我我看看你，相视无语。

“你……”两人同时开口，对视两秒又都扑哧一声笑了出来。

“你想说什么?”夏默然问他。

肖韶炎望着夏默然的脸，没有开口。可能是肖韶炎的目光太过夺目，看得夏默然实在是不好意思地微微地偏过了头，看向一边。

她的心像是从刚才开始就变换了节奏，一直没能平稳下来。耳边不时有清风拂过，吹得她的发丝一路轻扬，发梢扫过肖韶炎的肌肤，有点轻微的瘙痒。夏默然看见地面的人越来越小，看见远处一幢幢的高楼大厦，她突然发现，这个城市原来是这么漂亮。

“夏默然……”肖韶炎轻轻唤了一声。

夏默然转头，因为空间本就狭窄，两人是挨着坐的，肖韶炎像是早就预谋好了似的。他的脑袋向前倾斜，在夏默然转过头的刹那，四片唇瓣就这样不期而遇地碰撞在了一起。

夏默然的整个身子一抖，眼睛睁得极大，像是不敢相信这是真的一样。只是在看见离自己只有几厘米远的肖韶炎的眼睛时她不得不承认这一切都是真实的，心脏像是被某样事物撞击了一下一样，让夏默然一时之间不知道如何是好。

这个动作一直保持了近一分钟，两人才抓回了飘远的意识。肖韶炎也才有了下一步的动作，夏默然本以为肖韶炎要放开，却没想到在自己正准备向后撤退时被肖韶炎用手向前一拉。整个人就这样被禁锢在了他的臂弯里，他小心翼翼地动了动自己的唇，动作轻柔得就像是手里捧着自己最珍爱的宝贝。

夏默然能够清晰地感觉到他唇上传来的温度，细腻轻柔。原本想要推开他的手慢慢地放了下来，甚至连挣扎都忘了，渐渐地迷失在了这个吻里。

当摩天轮快要降落到地面的时候肖韶炎才缓慢地离开了夏默然的唇，这一分开两人都是一阵尴尬，急忙转开眼不去看对方，像是两个做错了事的孩子。即便是这样，肖韶炎的唇角却一直挂着淡淡的笑。这一刻他的心里前所未有地感到温暖，可是这样的感觉他却并未在意。

两人下了摩天轮，互看一眼，虽然仍然感到有些尴尬，但交握在一起的手却始终没有放开。

“咱们现在干吗?”肖韶炎的声音很轻，夏默然还是第一次听他这样温柔地讲话，虽然有些不太习惯，却也让她的心随着一阵波动。

夏默然觉得自己今天是中邪了，不仅心脏不受控制，连看肖韶炎的眼光都变得不一样了，这一刻，她竟然觉得肖韶炎前所未有地让人觉得安心。为了甩掉这些奇怪的心思，夏默然想也不想地说：“咱们还是先歇一会儿吧，外面很多卖小吃的，咱们还是出去喝点东西坐一会儿吧。”

对于夏默然的这个提议，肖韶炎也是欣然接受，毕竟那些所谓的供情侣游玩的过山车之类的东西，确实勾不起他们两人的极大兴趣。

Three

大多商家都聚集在公园里的一个地方撑了一把把太阳伞，摆放了桌子和椅子，卖一些小吃和茶水以供客人休息。

夏默然和肖韶炎两人选择坐在一棵大榕树下，各自点了杯花茶和一点小吃坐在那里。起初两人都是一阵静默，与别处的喧嚣相比，他们这里确实寂静了许多。

“咱们待会儿去看电影吧?”还是肖韶炎先打破了沉默。

夏默然想了想，还是点头说:“好。”毕竟游乐场确实不太适合他们，不是说他们没有玩耍的细胞，而是这里确实让两人都提不起劲。

肖韶炎埋头吃着服务员送上来的小吃，夏默然整个身子蜷缩在椅子里，脑袋微扬，眼睛眯起像是要睡着了一样。肖韶炎吃到一半的时候抬起头来，刚好看见夏默然的侧脸，她的肌肤很好，白里透红的，眼睫毛长长的煞是可爱。在他的圈子里，那些名门富家女哪个不是出门打扮得漂漂亮亮，恨不得把自己最美的衣服穿出来，脸上还会化上或浓或淡的妆。只有夏默然，认识这么久以来，他看见的她好像都是穿着随意，这也许可以说是和家庭条件有关。但是不爱化妆这一点却是真的，这么久以来他就没有见过她化过妆。但肖韶炎不得不承认素颜的她很是可爱，这种不要任何修饰的天然美才是最好的。

肖韶炎的心里划过一阵暖流，像是上瘾了一般，看着夏默然的侧颜竟然有一种转不开眼的感觉。

肖韶炎的目光夏默然不是没有感受到，毕竟她只是闭目养神，并没有睡着。即便是闭着眼，她都能感受得到那炙热的眼神，使得她的心不受控制地乱了节奏。夏默然不知道自己是怎么了，但是这一刻她却不想睁开眼，不知是因为害怕和肖韶炎四目相对还是害怕睁开眼后破坏了这原有的舒适静逸。

一个闭目养神，一个侧眼观看，两人都没有移动的念头，仿佛要保持着这个动作到地老天荒。

直到，一道低沉而熟悉的声音划破了宁静——

“韶炎、默然你们也在这里呀，真巧。”人未到声先到。

夏默然和肖韶炎两人同时回过神来，朝着声音的方向看去。那里向他们走来的是两个他们再熟悉不过的人了，路黎析双手插在裤兜里，脸上带着轻微的淡笑，他的身后跟着的是穿着一条漂亮的淡蓝色洋装的颜怜菡。

“是呀，真巧。”夏默然不自觉地点着头，这能不算巧么，这个城市说小也不小，选择在这样的公园约会都能遇见熟人，是挺巧的。

“介意我们坐下吗?”路黎析一直脸带笑意。

“请坐。”夏默然站起身来，从一旁的空桌位那儿拉了两个椅子过来，整个过程肖韶炎只是在最开始听到那一道声音的时候微微地抬起了头，之后便没有了反应，依旧坐在那里喝着自己的花茶，一副懒散的样子。

两人坐下后，路黎析问：“你们出来踏青吗?”

没等夏默然开口，肖韶炎已经把话接了过去：“我们是出来约会的。”

肖韶炎挑眉，看着路黎析，他也不知道为何就是不喜欢夏默然和路黎析一副很相熟的样子，两人明明认识的时间也不长。从始至终肖韶炎都没有转眼看过一旁的颜怜菡一眼，虽然没有经意地看，但是这一切却也都毫无偏差地落在了夏默然的眼里。而颜怜菡在听见肖韶炎的话后也明显地愣了一下，像是没有料到肖韶炎会把自己约会的事说得那么大声。

“你们也是出来约会的吗?”夏默然顺着路黎析的话问了过去。

“没有，我们是出来踏青的。”路黎析的声音淡淡的，像是在说今天的天气很不错一样，完全没有在意身边的颜怜菡的身子又僵硬了一下。

“到这里来踏青，你还真会选地点呢。”肖韶炎轻哼出声。

“这里环境很好呀，有树有花有草的，氛围也都还不错，挺适合的。”路黎析一边喝着服务员刚端来的泡好的绿茶，一边微笑着说。

“喂，你不会是偷跟着来的吧?”肖韶炎抬起头来看向路黎析。

“我才没有你那么无聊。”路黎析也不反驳，只是笑，末了抬手抚着下巴说：“不过我一点也不介意我们一起玩呀，默然噢。”路黎析的声音拉

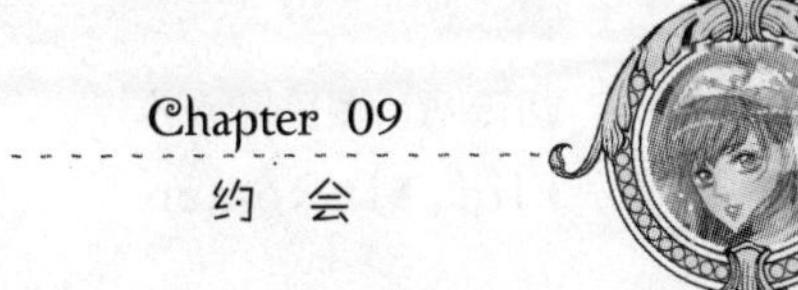

得有点长，婉转里带着点轻佻。

原本正低着头剥着花生的夏默然不明所以地抬起头来，一脸茫然地望着两位男士：“啊?”

她这迷糊的傻样逗得路黎析一阵轻笑，肖韶炎伸长胳膊一下子把夏默然揽了过来，夏默然没有注意，肖韶炎的动作又太快。“啪”地一下，夏默然整个身子跌倒在了肖韶炎的怀里，脑袋磕着了肖韶炎的下巴。

“痛。”夏默然小声地惊呼一声。

“夏默然你的脑袋是石头做的?”肖韶炎抚着自己的下巴，不满地嘟囔着，眉头微微地蹙在了一起，显然是疼的。

“你的下巴才是石头做的，撞得我的头疼死了。”夏默然一边揉着自己的头，一边从肖韶炎的怀里爬了起来。

“默然很疼么，要不要我帮你看看?”路黎析关切的声音从一边传来。

“没……我没事。”夏默然对路黎析报以微笑，却在转头看肖韶炎的时候狠狠地瞪了他一眼。

“好了，我给你吹吹，这点小痛都受不了。”肖韶炎拉过夏默然，这一次他的力气比较小，夏默然也只是被他拉近了点，拉到了他的身边。夏默然的头刚好落在肖韶炎的胸前，他伸手揉得有些小心翼翼，一边揉还一边问：“还疼吗? 有没有好一点?”

夏默然可以清晰地感受到肖韶炎呼吸在自己肩膀处的温热气息，他的动作一直很轻柔，像是捧着自己珍爱的宝贝。这一切的感知让夏默然的脸色有些微红，连她自己也不知道究竟是怎么了，心脏不受控制地加快了节奏。

“我去趟洗手间，你们慢聊。”一直坐在一边保持沉默的颜怜菡突然站起来说。此刻她的心里有一股难以言喻的感觉，仿佛痛楚、嫉妒和怀恨都夹杂在里面。原本万众瞩目的她竟然在夏默然这个平凡的女孩子面前受到了漠视。那两个男生，原本都是绕着自己转的，虽然她从来没有看清楚过路黎析，但是肖韶炎她却是清清楚楚地了解的，此刻竟然都围着那个乡巴佬夏默然转。这让她怎么能甘心呢。

“你不去看看她吗，她看起来心情好像有点不好?”望着颜怜菡远去的身影，夏默然从肖韶炎的怀里抬起自己的头对路黎析说，出于女孩子的直觉，她能够清晰地感觉到此刻的颜怜菡心情很不好。

路黎析看看颜怜菡离开的方向，又看看夏默然，他本想说没关系的，但是最终还是低声叹气地说了一句：“我去看看。”

等到两人都走得有些远了，夏默然才淡淡地说了一句：“行了，他们都走远了，你不用再演戏给谁看了。”

肖韶炎揉着夏默然头的手一顿，然后把夏默然从自己的怀里抓了起来坐直，接着对她说：“夏默然你可真没良心，我像那种需要做戏给谁看的人吗，我是看你痛才给你揉的，不知好歹的家伙。”

肖韶炎的脸上写着不满，夏默然呆呆地看着，企图想要看出点什么，可肖韶炎的表情却让她忍不住在心底对自己说：“是的，那都是真的，是肖韶炎发自内心的关心。”这样一想，夏默然的心里划过一道暖流，“谢谢。”

她说得很是认真，静静地望着肖韶炎。或许是她的眼神太过迷人，看得肖韶炎忍不住又是伸手把她往自己怀里一拉，有了前两次的经验，现在做起来可算是轻车熟路了。夏默然再一次跌入肖韶炎的怀里，两瓣微张的红唇被肖韶炎张嘴吃进了自己的嘴里。

他在吻她！

虽然已经不是第一次了，但是夏默然的整个思绪还是像瞬间被抽走了一般，不知道该如何反应。只知道自己的眼睛瞪得老大，直直地望进肖韶炎的眼里，有那么一刹那她觉得自己在肖韶炎的眼里看到了流光闪过。

“你……”直到肖韶炎放开夏默然，她都还直直地望着他，像是眼神被定格了一般，无法移开。

“你是我女朋友，以后不准和别的男生靠太近。”肖韶炎的声音有些低哑。

“喂，你什么意思呀，我和谁靠太近了，我有我自己交友的权利，你管得太宽了。”夏默然不满地反驳。

“你现在是我的女人，我就是要管。”肖韶炎的声音向上提了一个调。两人像是在比试谁声音更大一样。

“你们俩在争什么呢?”正在两人大眼瞪小眼的时候路黎析的声音适时地打破了沉默。

肖韶炎见是路黎析来了，轻哼一声偏过了头去。夏默然在一旁看着，忽然一下子就笑了出来，真是一个幼稚的家伙。

“你们还准备在这里坐多久呢?”路黎析问夏默然。

“你们要走了吗?”夏默然没有回答，反而是问起了路黎析。

“嗯，我刚才接到一个电话，家里有点事我需要先回去了，过来跟你们打一声招呼。”路黎析脸上一直挂着笑。

“那还不快滚。”肖韶炎不客气地朝两人挥了挥手。

路黎析没有理会他，转过头去对身旁的颜怜菡说：“你是要在这里再留一会儿还是同我一起走?我打电话让司机来接你。”

颜怜菡正想开口说点什么的时候，就被肖韶炎的声音打断了，“人是你带来的，当然也是和你一起走，我们还要约会呢。”

肖韶炎急急赶人的声音让颜怜菡的脸色一沉，却也没有多大的动作。只是伸手拉了一下路黎析的衣袖：“我还是和你一起回去吧。”之后又转过头对肖韶炎说，“韶炎，你也好好玩哦，再见。”

颜怜菡从始至终也没有同夏默然打过招呼，夏默然也没有放在心上，她反而觉得颜怜菡若同自己打了招呼自己会不自在。两人本就不熟，也就见过几面而已，虽然都是最近在学校里流言多出的两个女生，还是所谓的情敌关系。但是不熟就是不熟，也不用为了某些颜面而强迫两人互相问候，强颜欢笑。

“肖韶炎要不是知道你曾经喜欢过她，我真会认为你们俩不过就是彼此认识的陌生人。你怎么一下子就变得那么淡漠了呢，还是说其实你心里是不舒服的，只是在强装坚强而已。”夏默然也不知道自己为何会说出这样的话来，可它就这样不经深思地就自动说了出来。夏默然甚至能够感受得到自己的心有些隐隐地作痛。

“夏默然你不要讲一些让我生气的话。”肖韶炎的声音有些冷，说完便自动起身朝前走了。

夏默然望着肖韶炎高挑淡漠的背影微微地咬了咬自己的下嘴唇，她明明就咬得很用力，却感觉不到一点的疼痛，反而是从心底蔓延出一片哀伤，堵得发慌。

Chapter 10

她好像喜欢上他了

One

肖韶炎和夏默然已经好几天没有说话了，自从那天回来后就进入了冷战状态，事情为何会演变成这个样子，夏默然自己也说不出个所以然来。

“默然，你这是怎么了，没精打采的，是这几天没有休息好吗？”殷筱筱一只手撑着下巴，睁大眼睛看着夏默然缓缓地开口。

夏默然整个人摊在桌上，“唉，别提了，烦。”

“你倒是说说呀，看看是什么事，我也可以给你出出主意呀。”

夏默然抬头瞟了殷筱筱一眼，缓缓地开口：“筱筱，我和肖韶炎已经三天没说话了。”

“怎么了，你们吵架了？”

“没有，真没吵架，可是从那天约会回来后我们就没有再说话了，他不跟我说，我也就不跟他说。”

“唉，你们俩真是怪在一起了，没吵架没怎么的就突然冷战了呢，肯定是有原因的吧！”

原因！

夏默然想到自己那天最后和肖韶炎说的话，是因为她说的话吗？

夏默然本想着不去理会肖韶炎的，可是才短短的三天她就已经有些不习惯了，跟肖韶炎相处了这么一段时间，她已经习惯了有他在身边，虽然他有时候很霸道，但是不得不承认某些时候的他又是那么可爱。

当这一连串的念头在自己的脑海里闪现的时候，夏默然足足地惊了好长时间。

“筱筱，你说怎么样才算喜欢一个人呀?”犹豫了半晌，夏默然吞吞吐吐地问出了这句话。

“喜欢呀，大概就是每一次想到关于他的事情，心里就会不自觉地发出微笑。你也可能会因为一个问题而和他很大声地争吵或讨论，争得面红耳赤，各不相让，在他面前像个刺猬一样从不认输，但在心里却早已暗暗佩服他的见地、他的才华。还有可能是你受伤的时候却不想让他看见你脆弱的一面，假装坚强，在一起的时候厌烦，可是不在一起了会情不自禁地想念，会想他现在在做什么，和什么人在一起，有没有想到你。嗯，每个人喜欢的感觉都不一样啦，你这样问是不是表示你喜欢上谁了?”殷筱筱说到后面的时候完全就是一副奸笑的嘴脸，“快说快说，你到底是喜欢谁了，肖韶炎还是路黎析?”

“为什么偏偏是他们俩?”夏默然不答反问。

“你身边难道还有比他们俩更优秀的男孩子出现吗?”殷筱筱一副你少岔开话题的表情。

“□，你没听过情人眼里出西施呀，喜欢的时候就算那个人再怎么一般，他在你心里都是最完美的。”

“哟，刚才不是还虚心问我，这会儿就懂得跟什么似的了。”

“电视里不都那样演的吗。”

“行了行了，你别老岔开话题，先说说你究竟是喜欢上谁了?”

“没有没有，我只是随便问问，都还没有到那个份上呢。”

夏默然矢口否认，可是却在心里忍不住地小声问自己，是不是喜欢上肖韶炎了?可不管是还是不是，她都没法给自己一个准确的答案，但是有一点她是可以肯定的，那便是她对肖韶炎已经不是最初的讨厌了。相处了这么久，她开始慢慢地明白，其实有时候他就是一个单纯的孩子。

“唉，我出去走走。”想不明白干脆就不想，夏默然站起身来打算出去透透气。

走在校园里，不知不觉间竟然走到了那间白墙的音乐教室，脑海里突然闪现出曾经和肖韶炎在这里碰面的情景。他会弹钢琴，夏默然到现在还记得自己在见到那样的他的时候其实是惊讶的，从来没有想过霸道顽固的他竟然会那么多的东西。现在想想除了学习外，她是没有一样能与他媲美的。

有那么一刻，夏默然突然有些自卑起来。好像到现在她才突然认识到，其实肖韶炎是那样的优秀，撇开成绩，他在别的方面，可算是样样精通的。

“我已经看见你在这里站了很久了，为何不进去呢?”路黎析的声音突然从夏默然的身后传来。

夏默然应声回头，有些讶异：“你怎么会在这里?”

“学校就这么点大，我逛到这里很奇怪吗?”路黎析整个身子斜倚着一棵樱花树，双手插在裤兜里，一张俊颜在纷飞的樱花里显得特别好看。

“你要是穿的是古装的话，我一定会认为是哪个谪仙不小心跌落了人间。”

路黎析挑眉，“我应该把这当做是很好的赞美吗?”

夏默然点头：“我想可以。”

“默然，你不觉得我们很有缘分吗？走到哪里都能遇见。”路黎析突然说。

这突如其来的转变，让夏默然愣了几秒，在看见路黎析一脸认真的表情的时候，夏默然不得不开始重新地回想了一遍同路黎析认识的点点滴滴。脸上的笑意也跟着越来越明显，半晌后，不得不点着头说：“是的，我们很有缘。”

“那你有没有想过我可能会喜欢你?”路黎析说这话的时候脸上带着淡淡的笑意。

这句话让原本笑意吟吟的夏默然表情一僵，抬眼看去，刚好看见路黎析挂着淡笑的脸。他的表情是她常见的，可她却看不懂那张笑脸后面所包藏的可信度有多少。

“我不知道你也会开玩笑。”过了近一分钟，夏默然才缓缓地开口。她撇过头去看向一边的藤蔓植物，努力地让自己不被刚才的话所干扰。

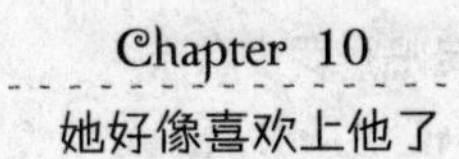

“你看我这样像是开玩笑吗?”路黎析的声音一直轻轻浅浅的，他调整了一下姿势，整个背部还是靠在树干上，眼睛微微上抬，刚好看见距离自己头顶不远的开满粉色樱花的树枝。不知道是因为有风的关系还是因为他先前换姿势撞到了树干，使得那整棵树都有些轻微的晃动。那满树的樱花在他的面前肆无忌惮地摇曳着自己的身姿，粉红色的花瓣纷纷扬扬地从树上飘落下来，像是下起了一场浪漫的樱花雨。

夏默然望着眼前的这一切，像是梦境般美好的一切，如果不是先前路黎析说了那样的话，她一定会毫不犹豫地拍手赞叹，甚至会想要拿相机拍下这一刻。可是此刻的她却没有半点欣赏的心情，起初她以为只是路黎析的一个调侃的玩笑，还没来得及岔开话题，就又听见了他不急不缓清浅且低沉的声音：“我觉得我是真的有些喜欢上你了，你和我认识的所有的女孩子都有所不同。你的坚强，你的豁达，你的自信都让我刮目相看。我在你的身上看见了很多很多值得欣赏的东西，每次和你说话我总是特别放松，像是可以忘记所有的烦恼。”

“你是因为我跟肖韶炎在一起才这样说的吗?”夏默然突然转过头去，看着路黎析。其实关于路黎析和肖韶炎之间的事情，夏默然或多或少地知道一些，毕竟在八卦如此盛行的南翱高中来说，知道一点小道消息并不是多么困难的事情，更何况这还不是所谓的小道消息。基本南翱的每一个学生都知道肖韶炎和路黎析之间的感情史，听说路黎析很喜欢抢肖韶炎的东西。

“如果我说不是你相信吗?”

听着路黎析温润的声音，夏默然一时之间真的不知道该如何回答。毕竟这样的意外是她从不曾预想的，嘴巴张了张却发现还是不知道应该要说点什么。

“我……”

夏默然的话才刚说了一个字就听见一声很重的木板撞上墙壁的声音，下意识地朝着那个方向看去，正好看见音乐教室的门开着，而肖韶炎正站在门口。

“他怎么会在这里?”夏默然有些压抑，难道肖韶炎刚才一直都在音乐教室里，所以她和路黎析之间的对话他都听见了?

当这个认知盘旋在脑海的时候，夏默然的心突然有些不太舒服。他会怎么想呢?会觉得她是一个水性杨花的女孩子吗?夏默然发现突然间她很在乎肖韶炎的看法，虽然被人喜欢应该是一件很让人感到高兴的事情，尤其还是被这样优秀的一个男孩子喜欢着，可是她现在却是一点也不想要。

肖韶炎二话不说地就直接上前给了路黎析一拳。他一系列的动作太快，让夏默然有些措手不及，只得捂住嘴“啊”地叫了一声。等她反应过来的时候才想到要去拉开两人。

“肖韶炎你在干吗?”夏默然上前，横在两人中间。

“他欠揍。”肖韶炎的声音里夹杂着怒气。

“韶炎，我不想跟你打架。”路黎析抬手抚着自己的脸。

夏默然见肖韶炎的气息已经有点顺了，这才回转过身去看路黎析：“你有没有怎么样?嘴角都裂开了，我看我还是送你去医务室好了。”夏默然掏出纸巾，一边轻拭着路黎析的伤口一边担心地说。

“不碍的，我没事。”路黎析接过夏默然手上的纸巾，一边扯着嘴试图给她一个微笑。

“夏默然你给我离他远一点。”肖韶炎命令的声音回荡在空气里。

“肖韶炎你怎么能随便动手打人，快跟人家道歉呀。”夏默然抬头看向肖韶炎，可肖韶炎却像是没有看见一样把头偏向了一边，很不服气的样子。

“谁叫他抢别人的东西了。”肖韶炎语气淡漠。

“默然不是一样东西。”路黎析突然插口说道。

“是不是都跟你没有多大的关系。”肖韶炎上前拽起夏默然的手就走。

“你干吗，你弄痛我了。”夏默然想要抽出自己的手，才发现根本就不可能，肖韶炎的力气很大，像是要把自己的手指陷进夏默然的手腕里。

不管夏默然怎么挣扎肖韶炎都没有半点要放开的意思，反而是一旁的路黎析站直了身子，伸手拦住了肖韶炎的去路：“你弄痛她了。”

“这跟你没有关系，她是我的女朋友，请你搞清楚，我不会让你再在我手里抢走任何属于我的东西。”肖韶炎丢下这句话拉着夏默然就走。

“默然不是件东西，况且如果那样东西本身就属于你，我又怎么抢得走呢。”路黎析对着肖韶炎的背影大声地说。

Two

“默然，学校传言的事情是不是真的?”一大早殷筱筱如同旋风一样冲到了夏默然的面前。

此刻的夏默然正活动着自己的手腕，那里还清晰地看得到淤青。该死的肖韶炎就不知道轻一点噢！从昨天到今天夏默然都在嘀咕着低咒着肖韶炎，真是一点也不懂得怜香惜玉，疼死她了。

“什么传言呀? 你又怎么了? 一惊一乍的。”夏默然头也没抬一下，一直低头活动着自己的手腕。

“就是为了你肖韶炎和路黎析打架的事情呀。”殷筱筱的声音有些大。

夏默然正转动着的手腕一停，抬起头来看向殷筱筱，像是没听清她先前说的话一样，再问了一次：“你刚才说什么?”

“路黎析和肖韶炎为了你打架的事，你别装作不知道，你这个当事人可是在场的。”殷筱筱一副你甭想掩盖的表情。

“你怎么会知道这件事?”

“别说我了，全校都知道这件事了，可能连清洁卫生的大妈都已经知道了。”

夏默然张了张嘴，一副难以接受的样子，“为什么会变成这样，你们怎么会知道?”

“因为他们打架的时候被学校的学生看见了呀，然后就有人拿出手机拍下来了。”殷筱筱好心地解释着。

“筱筱告诉我，你在开玩笑。”夏默然抱着最后的一点希望问道。

“拜托，谁会有那个时间跟你开玩笑呀。”殷筱筱抬手重重地拍了一下夏默然的头，想要让她清醒一下。

看着殷筱筱一脸的认真，夏默然痛苦地拿手揉了揉自己的太阳穴，当然不是被拍疼了，而是筱筱说的这个消息实在是让她很意外，“我的天，我们学校有开狗仔队班吗？怎么会出这样的事情。”夏默然一声哀号，难道在南翱念书就注定了没有自己的隐私吗？

“你在哀号什么？你现在可是最佳女主角耶，要哀号也应该是颜怜菡哀号才对。原本两个绕着她转的王子和骑士，现在都绕着你转了，你现在可是咱们学校贫民族的女王。”殷筱筱一脸的感慨。

夏默然却没有殷筱筱那般的心态，她现在只是懊恼事情怎么会变成这个样子。昨天从肖韶炎拉她离开后两人就一直没有再说什么话，原因是她对着他发了一通脾气。除了是对肖韶炎拽疼了自己的不满外，夏默然还觉得肖韶炎实在是有些过分，怎么能动不动就出手打人呢！

可是肖韶炎却并没有认错的念头，反而在夏默然数落他的时候生气地直接转身就走。夏默然还记得在看见肖韶炎离开时的萧条背影时，心里有股说不出的难受，一直到现在他们都没有再说一句话。

“你这是怎么了，一副不开心的样子？”殷筱筱偏着脑袋看夏默然，她拉长下来的脸怎么看都写着心情不好。

“我跟肖韶炎吵架了。”实在是心里堵得慌，面对自己的好友，夏默然还是说出了心里的郁结。

“怎么了？”

“就是因为他和路黎析打架这事……”夏默然把昨天的事缓缓地对着殷筱筱叙述了一遍。

殷筱筱在听后直接拍桌：“我要是肖韶炎我也会揍人的。”

夏默然看着激动的殷筱筱一脸的不解。

“喂，夏默然，你别不知好歹行不？肖韶炎这是在乎你才动手打人的。而你不仅不对他说点好话，反而数落了他一顿，还要他跟自己的情敌道歉？我拜托你，他们是情敌耶，而且还是连着两任情敌，这仇结得多深呀。你让他道歉不是摆明着说他不对吗？”殷筱筱恨不得拿手戳夏默然的脑袋。

“可打人就是不对呀！”夏默然还是坚持。

“夏默然你的脑袋是榆木做的。”殷筱筱仰着头，一副无语问苍天的神情。

“真的是我的错？”夏默然还是不死心地再问了一次。

“对。”殷筱筱毫不迟疑地点着头，“爱情都是自私的，所以你不应该怪肖韶炎，要是昨天肖韶炎不闻不问，一点反应也没有，那才是真的有错。”

“照你这么说，所以这是表示，他是有些喜欢我的吗？”

“夏默然，你白痴呀，不喜欢你干吗要跟你在一起。不喜欢你干吗在别人追求你的时候跑出去揍人。”

殷筱筱的声音有些大，夏默然没有反驳。其实她很想说肖韶炎跟自己在一起不是因为喜欢才在一起的，可终究还是没有说出来，毕竟这是自己和肖韶炎之间的秘密，也不算什么特别光彩的事。可是在听见殷筱筱的这串话语时，夏默然不得不承认自己还是有些心动的。他是真的有像筱筱说的那样是因为喜欢自己才那样做的吗？

夏默然坐在椅子上沉默了两分钟，像是下定了决心一样，抬起了头：“好吧，我去跟他道歉。”

肖韶炎的位置一直是空着的，从早上她进教室就一直是那样。但是夏默然可以肯定的是肖韶炎是来了学校的，因为早上她起床的时候，就听到司机说肖韶炎一早就去学校了。所以他应该是不想要见到她所以才没有进教室的吧。

夏默然在学校转了近一圈也没有看见肖韶炎的踪影，整个人有些失落，耷拉着脑袋准备回教室。

“夏默然，你在干吗，谁惹你不高兴了么？”看着夏默然低垂着头从自己身边走过，欧阳瑞卿忍不住开口叫住了他。

被这儿一叫，夏默然下意识地转头：“啊？”

“我问你怎么了，你啊什么啊？”欧阳瑞卿被夏默然涣散的表情逗笑。

“我呀，我在找肖韶炎，可是我不知道他在哪里。”夏默然诚实地回

答。

“你耷拉着脑袋就是因为这个呀，我以为现在的你应该是趾高气扬的。”

“我为什么要趾高气扬呀?”

“你可是打败了颜怜菡的女生噢，应该说你创造了南翱女生中的神话。”欧阳瑞卿努力地回想着自己一大早来就听到的各种不同的评价，综合所述总结出了这个。

“我是不知道什么神话不神话啦，但是我现在可以肯定，你也很八卦。”

“不不，我可没你想的那么鸡婆，我只是觉得高中的日子太过烦闷，而你的到来，给我烦闷的生活里增添了不少的乐趣。虽然我不是主角，但是作为一个旁观者来说，我要很忠诚地说一句：很高兴你能来南翱，虽然我们过去接触的次数不是很多，但是作为韶炎的好友，我们以后接触的机会多得是。”

欧阳瑞卿的声音很温和，夏默然突然想起自己第一次见他时候的样子，那时候的他明明温暖得像一个王子，可为何现在她会有一种面前这个男生骨子里有着桀骜不驯的因子的感觉?

“你说完了？那我先走了，拜拜。”

夏默然朝着他点着头，正要走就听见耳边传来一个似笑非笑的声音。

“韶炎他，在顶楼。”

不待夏默然反应，欧阳瑞卿便大步地朝前走了。

顶楼！欧阳瑞卿没有具体说肖韶炎在哪一幢教学楼的顶楼，但是这并不妨碍夏默然找肖韶炎。南翱高中的楼前前后后加起来有十几栋，除去宿舍、图书馆、食堂等等一系列的非教学用楼，还剩下八栋。

夏默然就这样爬了一栋又一栋，她也不知道支撑着自己要爬上去的原因究竟是什么，但是有一点夏默然是清楚的。那便是，她要见到肖韶炎，不管怎么样她都要见到他，或许她还欠他一句道歉。

夏默然的运气还不错，在爬到第四栋楼的天台的时候看见了双手插在

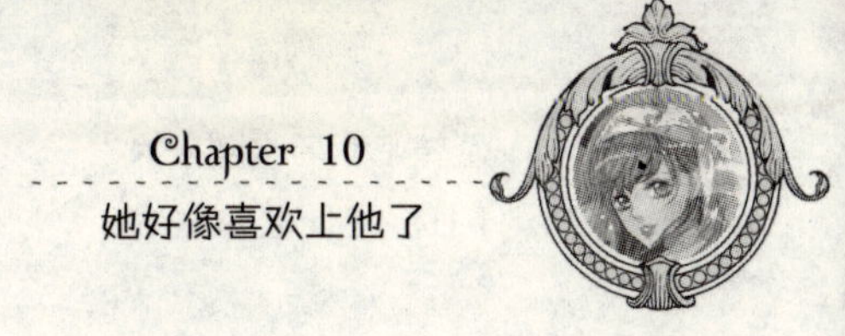

裤兜里站在围栏旁边的肖韶炎。

那个挺拔的身影，让夏默然有点不敢移动自己的脚步。

他有在生她的气吗?

担心和害怕都充斥在心里，夏默然咬了咬牙，还是决定走过去。看着那样的一个背影，她突然之间好想要抱抱他。

所以，她鼓起勇气毫不迟疑地向前了。可能是因为天台风太大的关系，也可能是因为此刻的肖韶炎正在想着什么想得入神的关系，因此并没有注意到朝他走过去的脚步声。

夏默然双手绕着肖韶炎的腰，从背后紧紧地抱住了他。她的脸贴在他宽大的后背上，她甚至能够感受得到他温热的体温。

夏默然的这个动作，让肖韶炎的身子一僵，但是在听到那句“对不起”的时候，又放松了下来。

肖韶炎没有动，这个动作保持了足足有五分钟，肖韶炎才掰开夏默然圈在自己腰上的手转了过来。

“你怎么会知道我在这里?”

夏默然望着肖韶炎的眼睛：“我几乎找遍了整个学校都没有找到你，后来遇见了欧阳瑞卿，是他跟我说你在天台的，所以我就来了。这是我上的第四个天台，每上一个我都会跟自己说：你应该就在上面。可是在每一个空荡荡的天台看不见你的身影，我以为是欧阳跟我说着玩的，可是我的心却跟我说：下一个，可能下一个天台你就站在那里。终于我还是找到你了。”

“你这个傻瓜。”肖韶炎的唇角微扬。

“我是来跟你道歉的，昨天对不起。”说这句话的时候，夏默然整个人都有些紧张。她突然害怕肖韶炎不原谅她，整颗心七上八下地忐忑难安。

“夏默然你是个笨蛋。”肖韶炎脸上的笑又扩大了一点，他拉过夏默然的手，把她拉进了自己的怀里。

夏默然整颗脑袋倚靠在肖韶炎的怀里，这一刻她突然有一种前所未有的安心。肖韶炎的怀抱很宽，他身上的气息很好闻，好闻到让她已经有点舍不得离开了。

这一刻，夏默然终于清楚地明白了一件事情，那便是——

肖韶炎，她好像喜欢上他了。

Three

夏默然再次遇见路黎析的时候是在两天后，在那条老旧的小吃街。夏默然是肚子饿出来觅食的，本来她是打算陪肖韶炎一起去吃饭的，但是肖韶炎临时和欧阳瑞卿有什么活动，本来是叫夏默然一起去的。可是夏默然虽然和肖韶炎在一起这么久了，陪他一起去他朋友聚会的场所还真的是很少的，主要她还是觉得自己同那里有些格格不入的感觉。

夏默然是在一家凉粉店前看见路黎析的，此刻的他正埋头跟老板说着什么。夏默然在原地站了几秒，最终还是决定不要去打扰他，当没有看见好了。毕竟她现在面对路黎析也不知道应该说什么，经过那件事后，应该会尴尬吧。

可就在夏默然转身没走两步时，身后就传来了一个她熟悉的声音，虽然街上的人很多，吵杂的声音此起彼伏。尽管这样夏默然还是清晰地听见了路黎析的声音，还是她所熟悉的干净透彻。

其实夏默然可以装作没有听见的，毕竟路黎析只唤了她一声，可是她还是过不了自己那关，不能装作没听见。于是，她缓慢地转过了头来，望向他说："真巧。"

"要吃凉粉吗?"

"好呀。"

夏默然点头，提步走进了小店里，同路黎析坐在了一起。夏默然低着头把玩着桌上的茶杯，她移动的弧度不大，所以杯里的茶水只是微微地左右轻漾，并没有溢出来。

"你怎么会在这里?"许久，夏默然还是忍不住好奇地打破了沉默。

"啊?"路黎析一脸茫然地看着夏默然。

"今天好像，呃，是你们这些富家小姐公子哥儿聚会的时间，所以在

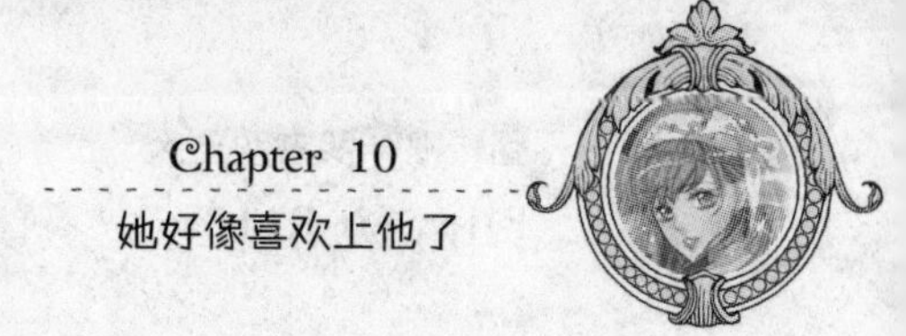

这里看见你，我有些意外。”夏默然尴尬地笑笑。

“噢！你说那个呀，我想韶炎可能暂时不太想看见我，所以我就没有去。”路黎析不在意地笑笑。

“所以他是知道你不去才去的?”

对于夏默然的这个问题，路黎析思索了几秒后才点了点头：“我想，是的。”

“那天对不起。”夏默然抬起头，带着一脸歉意诚恳地望着路黎析。

“该说对不起的好像是我才对。”

“我是替肖韶炎跟你道歉的，他那天有些冲动了，不该动手打你的。”

“不，其实他动手我是能够理解的。”

夏默然没有想到路黎析会如此的淡定，可路黎析的这一回答倒是让夏默然不知道该如何是好，敢情她的道歉其实是多余的?

很快老板便端上来了拌好的凉粉和甜水面，夏默然望着碗里比筷子还要粗的面愣了一下。

“这面不是外面买的，是这家店的招牌，面条是老板自己做的，很好吃，韧性也不错，你可以尝尝。”路黎析一边拌着自己的凉粉一边对夏默然说。

夏默然拿起筷子，也把面条再次拌了一下，将调料拌匀。拿起筷子夹了一根面，才发现这根面很长，她实在是想要看看这面有多长，又见店里都坐满了人实在是有些不太好意思。

像是看出了夏默然的疑惑，路黎析不急不缓地说：“这种面其实一碗只有一根。”

夏默然张着嘴有些疑惑，一时之间没有反应过来路黎析话里的意思。

路黎析一脸的微笑：“要不你找到头吃吃看好了。”

夏默然的目光在路黎析和面条上来回了几次，最终还是埋头找到面条的一头吃了起来。一边吃一边忍不住地竖起大拇指：“真的很好吃，不过好辣，又甜又辣的。”

路黎析体贴地给夏默然倒了一杯水，“喝点水，慢点吃。”

“谢谢。”夏默然接过水一饮而尽，稍稍地缓和了一下，可是嘴里还是辣得不行。

“实在受不了就别吃了。”路黎析盯着夏默然忍不住说。

“不行，我要把它吃完，真的很好吃。”夏默然嘴里包着食物，含混不清地对着路黎析说。

在夏默然的坚持下，那一碗甜水面条终究还是下了肚。在吃到最后一口的时候，夏默然忍不住一声惊叹：“这一整碗面竟然是一根面条，太神奇了。我以前看电视常看见电视上的长寿面，每次都惊羡不已，没想到现在也能吃上一碗一根的面条。虽然这不是长寿面，但是……太棒了。”夏默然忍不住再次竖起了大拇指。

“你要是喜欢的话，下次再来就是。”路黎析笑着摇摇头。

又坐了一会儿，路黎析结了账，两人漫无目的地走在回去的路上。夏默然跟在路黎析的身后，一前一后相隔半米的距离走着。两人一直走到了附近一条大河的桥上，路黎析站在桥头，一只手扶着石墩子，望着河面出神。夏默然在离路黎析两米的地方停了下来，望着他的背影看了几秒，最后还是提步走到了他的身边，与他一同站在桥头。

河道两边种了一整排的垂柳，甚至有好多柳枝长得太长已经伸到了河面上，把河面上的水画出了一条条细长的涟漪。

“对不起。”路黎析清浅的声音飘散在空气里。

夏默然愣了一下，她有一瞬没反应过来，甚至一度认为自己是不是幻听了。因为等她转头看向一旁的路黎析的时候，就见他依然保持着先前的动作，那么专心地看着湖面。

是幻听吧！夏默然忍不住在心里对自己说。

“你没有听错。”

“啊！”路黎析突如其来的声音把夏默然吓了一跳。转头一看，路黎析正一脸微笑地望着自己。

“你说什么？”夏默然不确定地再问了一次。

“我说你没有听错，我在跟你道歉。”

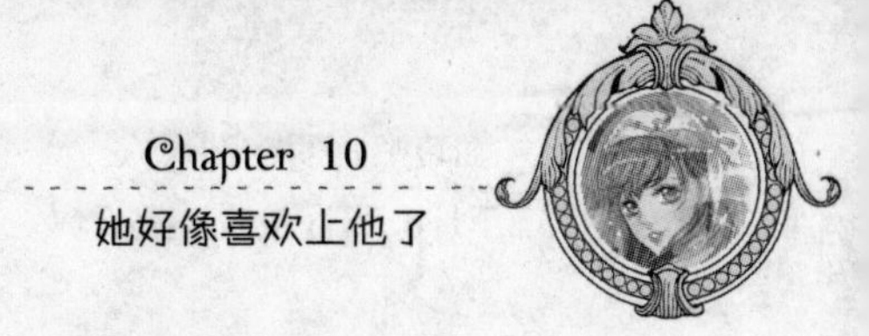

望着路黎析严肃的表情，夏默然的脑子里只浮现出了一个问题：“难道我刚才有说什么吗?”可她明明记得自己什么也没有说的。

“不，你没有说什么，只是你的表情告诉了我你想说什么。”

夏默然无力地垮下肩，“我是不是很失败呀，想什么都写在脸上了。”

“没有，很可爱。”路黎析忍不住抬手揉了揉夏默然的头发。

他的这个动作让夏默然整个身子一僵，其实原本也没有什么，可是不知道为何她就是止不住地会想偏。僵硬地扯了扯自己的唇角，夏默然努力让自己给路黎析一个微笑，可是却不知道这个微笑实在看着奇怪。

“我是不是给你带来了很多困扰?”路黎析放下自己的手，整个身子向后倾斜，倚在了桥墩上。

“没……没有啦。”

“其实，我说喜欢你，是真的。”路黎析没有看夏默然，可能是怕她面对自己又不知道该换上一副什么样的表情。不待夏默然说话，路黎析接着说道：“之所以这样说，是因为我不希望你也以为我是因为想要抢韶炎的东西才这样说的。我承认小时候因为好玩，我是常常抢韶炎的东西，可是如果他有好好地回忆的话，就应该知道我已经有三年多没有再干过那样的事情了。至于颜怜菡的事，我说我是为了让韶炎看清一些事一些人，你信吗?”

路黎析这才转过头来，看向夏默然。

夏默然没有想到会听见这个，但是对于路黎析的为人她其实心里一直都是相信的，她还是相信自己最初的感觉。这么久以来，认识的他一直都是正直友善的，她不相信这样的男孩会做出夺取好友女朋友的事情来。

“我相信你。”夏默然的语气肯定，脸上挂着笑意。

“所以，我说我喜欢你都是真的，但是我也绝对没有要把你从韶炎身边抢走的意思。我只是想把我的感情表达出来，却没想到会惹出后面的一连串事情来。”

“其实，该说谢谢和对不起的是我才对，谢谢你喜欢我，能被你这么优秀的男孩子喜欢是我的荣幸。对不起的是那天韶炎打了你，我一直认为应该跟你道歉的，还有对不起，我不能回应你，我好像喜欢上肖韶炎了。”夏默然转过身子，两只手撑在石墩上，望着平静的水面轻声地说。

“没关系，至少我们还是朋友。”路黎析向着夏默然伸出了手。

望着路黎析白皙的手，夏默然笑得一脸的清爽，抬起自己的手与之交握：“还是朋友。”

“走吧，我送你回去。”路黎析双手插在裤兜里，率先走在了前面。

夏默然想也没想地跟了上去，其实早在来的时候她就发现这里不是她所熟识的地方，甚至是有些陌生的，但是有路黎析在，她也没有什么好担心的。望着眼前路黎析宽厚结实的后背，夏默然不禁在心里想着：如果没有肖韶炎的话她一定会爱上前面的这个男孩的，他是那么那么的优秀。只是感情这种事，本身就是一道不好解的题，她喜欢上了肖韶炎就是喜欢上了，只能说缘分这个东西太过于奇妙。

路黎析，你会幸福的，我们都会很幸福！

Chapter 11

舞会上的误会

One

所有的不快好像都在瞬间解开了，夏默然感受到了前所未有的开心。

晚上坐在书房里，夏默然用手支着自己的脑袋，脸上一直扯着傻傻的笑。

“你到底在傻笑什么？”肖韶炎放下手中的笔，瞪起眼睛看着夏默然。

“啊，你做完了？”可能是肖韶炎的眼神太过锐利，也可能是因为他的声音比较大，夏默然一下子就回过了神来，转头对正看着自己的肖韶炎说。

“我问你到底在傻笑什么？你已经傻笑五分钟了，还是说你身上真有花痴的潜能。”肖韶炎直直地望着夏默然，看得夏默然的表情一点点恢复到了正常，再从正常变得僵硬。

“你干吗？”肖韶炎眼神太过尖锐，看得夏默然有些头皮发麻。

“你应该告诉我你到底在笑些什么，我实在是很好奇，有什么开心的事，你说出来让我也跟着乐乐。”肖韶炎倾着身子，一点点地向着夏默然压去。

“你的题做完了？”夏默然起初还向后仰，在发现肖韶炎根本就没有停下来的打算的时候，为了不让自己绊倒，也为了让自己拿回点主导地位，便伸手推向肖韶炎的胸前，把他的身子推直了。

肖韶炎也不在意，直了直自己的身子，换了一个比较舒服的姿势后，才看向夏默然缓慢地开口道：“你觉得你一直在那里傻笑，妨碍着我的视线，我能够安心做题吗？”

“那，要不我先出去，你安心做题。”夏默然说着就站起身来准备出去。

肖韶炎眼疾手快地抓住了她的手：“不用了，你还是坐在这儿好了，无聊的话，那儿有电脑，也有很多书、杂志之类的可以看看。”

“嗯，好。井婶说她熬了汤，我先去给你盛一碗来。”

看着夏默然向外走的背影，肖韶炎的唇角不自觉地轻扬起一个弧度，心里一阵暖流划过。直到夏默然的身影彻底消失在了眼前，他才转过头，把视线放在了书桌上的模拟习题上。伸手拿过放在一边的笔，开始仔细地在习题下面的空白位置上做解答。

夏默然特地在厨房晃悠了一圈才回来，她关门的声音很轻，连走路的声音都比较轻，但是还是被耳尖的肖韶炎发现了。

“你怎么去了那么久?”

夏默然抬头，刚好撞进肖韶炎深邃的眼眸里。她不好意思地笑了笑，说：“我刚和井婶在厨房聊了会儿天。”

“是在厨房偷食吧，还说得那么冠冕堂皇。”

“我……”夏默然想要反驳，却发现一时之间又不知道要说些什么，没办法，谁叫肖韶炎说的都是实话呢。就是因为井婶做的食物太好吃了，她实在是忍不住嘛。况且不就吃了给他做的一点东西嘛，夏默然忍不住撅起了嘴。

“你下次想要吃就端来和我一起吃。”肖韶炎冷不丁地冒出这么一句。

夏默然一听，乐了，扯着笑走了上去，“好，先把东西吃了再写吧。”

“我写好了你是不是要给我什么奖励?”肖韶炎接过夏默然手中的碗，放在了一边。

“口，拜托，你学习是给你自己学的又不是给我学的，知识这东西别人又抢不走。”

“总之我不管，你看我写得这么辛苦至少也应该给点奖励吧?”肖韶炎死皮赖脸地说着。

看着这样的肖韶炎总是让夏默然忍不住想要笑，她点了点头：“那好

吧，如果你能在接下来的一个小时之内全部完成的话，我就答应你。”

“什么奖励都可以?”

“只要不是特别贵或者我办不到的都可以。”夏默然想了想回答。

“谁会要你花钱买的东西，你放心，我要的对你来说都是轻而易举的。”肖韶炎满不在意地摇摇手。

“那，好吧。但是你要先把这个喝了，这可是井婶为你熬了一个早晨的汤。”

见夏默然点了头，肖韶炎直接把放在一边的试卷拿起来放在了夏默然的手里，然后才不急不缓地端起放在一边的汤碗。

夏默然低头，把肖韶炎塞给自己的试卷打开，一整张模拟试卷上面密密麻麻地被填满了。“你已经做完了?”先不管正确率是多少，光是这么短的时间里就写完了一整张物理化的综合试卷，就让夏默然觉得不可思议。

看着一边喝汤一边毫不迟疑点着头的肖韶炎，夏默然的眉头合拢又松开，松开又合拢，“我先声明噢，如果错得太多的话，是没有什么奖励的。”

“嗯。”肖韶炎只是发出一声浓浓的鼻音，依旧埋头喝汤。

夏默然拉了一张椅子，在书桌的一边坐下，拿起一支红色的笔开始认真地检查试卷。

夏默然看得很快，主要是这张试卷先前她已经自己做过一遍了，因此检查的时候也特别快。可是在看见肖韶炎那一道道准确无误的答案时，夏默然的第一反应是怀疑自己先前做的是不是也有错，要不要再计算一遍，可是不管她如何计算，最终的答案都和她先前自己算的、和这张试卷上肖韶炎现在的答案一模一样。

“你这张试卷做了多长时间?”夏默然忍不住问道。

“不知道，半个小时吧，从你出去的时候。”

夏默然一脸的惊讶，也不能怪她，通常考文 / 理科综合的时间是一百五十分钟，两个半小时。而肖韶炎现在只花了半个小时就把一整张试卷写

完了，还是百分之百的正确率，能让她不惊讶吗?

“全部……是你自己……做完的?”夏默然的声音有些低，虽然她知道不应该不信任肖韶炎，可是这样的效率和这样的正确率，实在是让她很难以相信。

“□，夏默然，你这是在质疑我的人格。”肖韶炎对夏默然不满地嚷着。

“我没有，我只是有点惊讶，你干吗那么大声音?”夏默然虽然这么说，但是还是有些心虚的，毕竟是她自己不对，她先前的确是没有百分百信任他。

“这有什么好惊讶的，不就几道题嘛，况且大部分都是你平时给我讲过的，就算没讲的，举一反三也就做出来了。”肖韶炎用一副“你是白痴”的表情看向夏默然。

“我现在可以很肯定地说你以前上课真的是一点也没有听讲，否则以你的这份才智，不拿个全市第一，至少也是在全市前五里。”夏默然突然觉得自己引以为傲的成绩在肖韶炎面前一点优势也没有了，眼前的这个男生或许比她想象中的还要优秀，只是他没有用功，他要是用功了，是谁都比不了的。

“谁在乎全市那个排名呀，不过你是不是应该兑现你刚才的承诺了?”肖韶炎眉毛一挑，一脸坏笑地看着夏默然。

“原来你是早有预谋的。”夏默然突然有种掉坑里去了的感觉。

“谁叫你这么笨呢。”肖韶炎说完，伸手拉过夏默然的手，用力一拉。像是早就预料好的一般，夏默然准确无误地落入了肖韶炎的怀里。

她想要起身，却发现肖韶炎环着她的手臂有些紧。夏默然抬头，刚好撞进肖韶炎深如海的眸子里。脸蛋在瞬间变红，“那，你有什么要求?”

“很简单，我要一个吻。”肖韶炎的话一落，唇就覆了上来，准确无误地覆上了夏默然的唇。

夏默然的眼睛在瞬间睁大，她没有想到肖韶炎的速度会这样快。他竟然就这样吻住了她，在她没有任何准备的情况下。

她睁大的眼睛清楚地看见肖韶炎长长的眼睫毛和好到令人发指的肌肤，他的眸子很深，尽管隔得这样近还是让人不经意间就迷失在其中。本来还想着要反抗推开肖韶炎的夏默然，在这一刻竟然发现自己的手上一点力气都没有。她甚至已经有点喜欢上了肖韶炎的吻，他的唇瓣很软，夏默然忍不住也想要回咬一下。

"把你的眼睛闭上。"肖韶炎稍稍离开夏默然的唇，沙哑地说，他的声音有些低，眼里有着浓浓的夏默然看不懂的情绪。

"啊！为什么？"

"你看哪个接吻的时候不是闭上眼睛享受的，哪像你，眼睛瞪那么大干吗。"

"我又没有见过很多人接吻。"

"电视总看过吧？"

"电视里也不都是闭着眼睛接吻的呀。"

"夏默然你的话很多。"

"我……"

肖韶炎有些怒了，不等夏默然回答便直接用嘴堵住了她。他觉得她唇的触感要比她嘴里吐出来的话可爱甜美得多。

夏默然被堵得不能言语，只得抡起拳头在肖韶炎的肩膀上重重地敲了两下。

Two

夏默然和肖韶炎交往的事上至校长下至打扫卫生的大婶都知道，因此在学校里看见两人手牵手的画面也已经是习以为常了。时间过得很快，一个多月的时光就这样匆匆流逝了。那些关于路黎析喜欢夏默然，颜怜菡是肖韶炎的前女友的事似乎早已经被人遗忘了一般。每一次在校园中看见肖韶炎和夏默然手牵手浓情蜜意的样子，大家就忍不住在身边连连感慨，真可谓是煞羡旁人。

尽管肖韶炎和夏默然的感情日渐升温，让同学在闲暇之余少了许多话

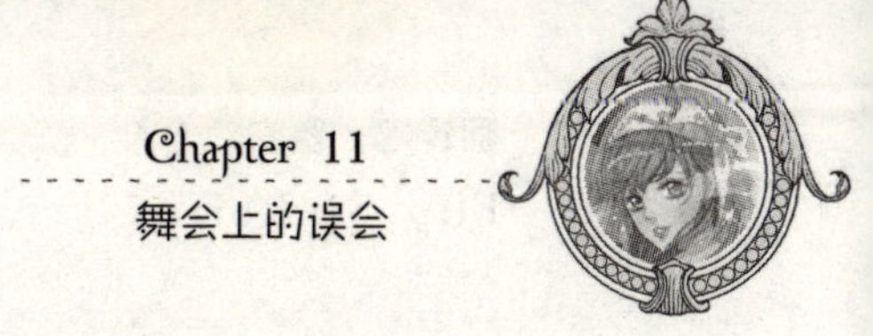

题。可南翱的校园却始终有着让人密切关注的八卦大事，比如这近半月发生的让人侃侃而谈、猜测不透的一件事——路黎析和颜怜菡分手了。

夏默然是在一个下着细雨的清晨听到这件事的，用殷筱筱的话说，她大概也算得上是全校最晚知道这件事的学生了。

夏默然平时也不喜欢关注别的事情，但是路黎析和颜怜菡分手这件事着实地令夏默然小小地吃惊了一回。殷筱筱在看见夏默然吃惊的表情的时候，轻轻地拍了拍夏默然的肩："这事其实也在我的预料之中，只是我没想到他们俩维持的时间也太短了点。"

对于殷筱筱的这副表情，夏默然很惊讶："什么叫预料之中?"

"拜托，亲爱的，现在哪个谈恋爱的还是那种持久战，更何况还是他们那些个上流社会的公子小姐，感情这种东西在他们眼里有几个是当真的? 一般都是玩玩而已呀。"

殷筱筱的话让夏默然站在原地出神了好一会儿，才低低地说了一声："就没有真正的吗? 凡事都有意外嘛。"

看见夏默然的表情，殷筱筱才惊觉自己说错了话，现在可是默然和肖韶炎正在热恋的时节，她这话确实说得不够好，不能一竿子打翻了一船的人。于是，急忙补了一句："当然不是每个人都是，这个世界上已经存在着真爱，就是因为太少，所以我们才要不停地寻找。默然我希望你现在抓着的就是你的真爱，但是，我是说假如，假如有一天你和肖韶炎之间真的出现了什么问题，你也要对这个世界抱有希望，毕竟幸福本就不易。"

看着殷筱筱一脸认真的表情，夏默然扑哧一声笑了出来，她抬手拍了拍殷筱筱的脸蛋："谢谢你的提醒，但是我相信韶炎不是那样的人，虽然有时候他的脾气是坏了一点，做事幼稚了一点，没事还乱霸道。但是他的心其实是不坏的，我相信我自己的感觉。"

"恋爱中的女人呀。"殷筱筱忍不住一声长叹，"你这表情不是存心刺激我吗！"两人敲打着笑闹成一团。

"两个幼稚的女人。"突然一身冷哼声从夏默然的身后传来。

夏默然和殷筱筱停下动作，转过身去，刚好看见肖韶炎一脸酷酷地站

在两人身后。殷筱筱悻悻然地放下自己半举着的手，面对肖韶炎的淡漠表情她还是有些许的害怕，虽然他现在是默然的男朋友，但是殷筱筱同肖韶炎确实可算是不熟。

“呵呵，你们俩慢聊，我突然想起我还有点事情没做，先走了。”殷筱筱打着哈哈，快速地闪身离开。

“肖韶炎，你没事那么酷干吗？想吓谁呢。”望着殷筱筱逃也似的神情，夏默然不高兴地撅着嘴。

“我又没说什么！”肖韶炎蹙眉，拉过椅子在夏默然的身边坐下。

“你没说什么已经把我的朋友吓走了，你还想要说什么？”

“谁叫她胆子不够大。”

肖韶炎满不在乎的声音听在夏默然的耳里，让她几乎想要喷血，为了自己的身体着想，夏默然还是决定换一个话题：“你去哪了？看你满头是汗的。”

“打篮球了。”肖韶炎一边喝水一边回答。

“噢。”夏默然点头，一时之间不知道要说些什么，就顺着他的话问道，“和谁一起打呢？有我认识的吗，赢了输了？”

肖韶炎看着夏默然沉默了几秒之后说：“你认识的呀……有！就欧阳和路黎析两个你认识，其他的或许知道也或许不知道。”

听肖韶炎这么一说夏默然也猜得出来多半是自己不认识的，毕竟和肖韶炎玩到一块儿的基本都是一些富家公子。

不过这已经不是重点，重点是——

“你是说你和路黎析一起打球？”夏默然很是惊讶，肖韶炎对路黎析的态度她比谁都清楚，两人怎么会又一起去打球了呢？

肖韶炎没有回答，只是轻微地点了一下头，尽管动作很轻，可夏默然还是清楚地看在了眼里。唇角忍不住扬起一抹微笑：“这样其实挺好的，你们俩很适合做朋友。”

肖韶炎转头看了夏默然半晌，没说话。途中又喝了两次水，空气里一阵静默。

夏默然站在桥头，两只手撑着栏杆，望着河面出神。脑子里不断猜测着肖韶炎和路黎析两人现在究竟是什么样的关系，处于一个什么样的状态。可是从肖韶炎那淡漠的态度看来，似乎又并没有她想象中的那般好。

“我发现你很喜欢来这里。”路黎析站在夏默然身后，风有些大，吹乱了他的头发。

“这里风景很好，而且吹吹风能让我醒醒脑。”夏默然没有回头，淡淡地说。

“是吗?!”路黎析走上前同夏默然并肩站在一起。

两人一直站了有两分钟的样子，夏默然才缓缓地开口：“听说你和肖韶炎一起打球了，你们和好了吗?”

路黎析一愣，转头看了夏默然两秒又调头回去继续看向河面：“韶炎给你说的吗?”

“他只说你们一起打球了，其他的什么也没说。”

“你是希望我们和好?”

“那当然，我觉得你们应该是最要好的朋友才对。”

路黎析一脸的笑意：“我想大概在这个学校里只有你觉得我和韶炎应该是朋友了。”

“难道我的直觉是错的吗?”

“这个我不敢肯定，不过我可以告诉你，韶炎在我心里确实是一个很重要的朋友。”

夏默然望着路黎析的侧脸，“我为肖韶炎有你这样的朋友感到自豪。”夏默然觉得她有必要跟肖韶炎好好谈谈，至少问清楚他是怎么看待路黎析的，夏默然觉得他们应该能是很要好的朋友才是。

“对了，过两天就是学校的建校二十周年校庆了，学校会开办舞会，那天你会去吗?”

“舞会噢!”夏默然的眉头皱在一起，她确实不太适合那样的聚会。

“去吧，基本全校的同学都会参加的，而且也只是在学校办。”

“嗯，好吧。”

Three

学校开办舞会的那天早上，夏默然在花园里遇到了肖韶炎。此时的夏默然正拿着洒水壶浇花，而肖韶炎则坐在不远处的躺椅上闭目养神。

夏默然一边浇花一边看向肖韶炎，犹豫了半天，还是开了口：“韶炎我觉得你跟路黎析和好吧，你们应该是最要好的朋友才对。”

空气里静默了片刻，在夏默然以为肖韶炎不会回答的时候，却听见了他有些沙哑的声音，可能是因为早上刚起床没多久的缘故：“为什么这么说?”

夏默然愣了一下，硬是不知道该怎么表达心中的感觉，最终简化成了两个字：“直觉。”

肖韶炎没有说话，直接转过头看向夏默然。

夏默然被肖韶炎这么一看，赶忙加了一句：“女生的第六感是很准的，你可别小看了。”

肖韶炎点着头，唇角不自觉地扬起一抹轻笑：“我一点也没有小看的意思。”肖韶炎的笑很迷人，夏默然看得出了神，“只是，我和路黎析的事情，你能不能不要管?”

“我并没有想要管，我只是觉得你和路黎析本来可以成为很要好的朋友的。是可以成为电影里演的那种两肋插刀的生死兄弟的，在我看来其实你们身上的人格魅力是那么相近。其实你有没有想过路黎析做的这些事情都是为了你……”

夏默然的话还没有说完就见肖韶炎从椅子上站了起来，走到自己的面前站定，他的神情有些冷。

“夏默然你能不能收起你那鸡婆的性格，你那话是什么意思，路黎析做的事情都是为我好。为我好抢走我的女朋友，为我好从小到大都跟我抢东西。你是被他同化了是不是，他究竟给了你什么好处，让你这样帮他说话?”

也不等夏默然回答，肖韶炎直接从她的身前走过，直直地走了出去。夏默然望着肖韶炎的背影，张了张嘴，想要叫住他，却发现喉咙疼得一点声音也发不出来。

夏默然坐在离大门不远的花园里，手里抱着一本《红楼梦》，眼神却时不时地瞟向门口，期盼着下一秒就有一个身材挺拔的男生出现在那里。只是她已经坐在这里整整四个小时了，手中的书才翻了一页，可肖韶炎始终是没有出现。

“默然，你怎么还在家里，你不是要去参加学校晚上办的舞会吗？”井婶的声音打断了夏默然飘远的思绪。

她转过头来，看着已经走到了自己身边的井婶，小声应了声：“噢！现在几点了？”

“已经六点半了。”

夏默然沉默了两秒，晚会好像是七点钟开始，可是真的要去吗？

“你还是去吧，说不定少爷已经在晚会现场了呢。”像是看出了她的疑虑，井婶直接给出了自己的意见。

是呀，今天是校庆，肖韶炎一定会在的。

“那井婶我去学校了。”

夏默然说完就想要走，不想却被井婶给拉住了，“你不会就穿这身去吧？我看还是先回房间换一条裙子吧。”

夏默然低头看了看自己的穿着，一件单薄的T恤和一条洗得已经有些发白的牛仔裤，好像这一身是不太适合参加舞会的。

“那我先去换件衣服。”

夏默然的衣服并不多，因为从来没有想过有一天会参加舞会之类的，所以也并没有所谓的礼服之类的衣服。她在自己的衣箱里翻找了半天，也只找到了一条裙子，一条淡蓝色的纱裙，那还是很多年前奶奶为她准备的，买的时候她还比较小，但是奶奶却硬是要买，说总有一天穿在她的身上会很漂亮。现在长大了，她却是一直没有穿过，不是不喜欢，只是舍不得。她一直以为自己会把这条裙子留到终老，却没想到终究还是有把它拿

出来的时候。

夏默然穿着那条裙子又想到肖韶炎没有回来，可能也还没有换衣服，便自己走到了肖韶炎的房间，打开衣柜帮他简单挑了一套衣服。走出去的时候井婶刚好站在楼下的客厅中看见了，一个劲儿地夸漂亮，弄得夏默然很不好意思，匆匆忙忙地走了出去。

来到学校的时候舞会已经开始了，场地安排在大会堂。夏默然以前一直不懂为何学校会修建一个这样的地方，有半个操场那么大，听说除了偶尔在这里组织开一些小会外平时也没有多大的用处。

现在看来，真正的用处大概就是为了开办校庆、举办宴会之类的活动吧。

夏默然站在入口，身边来回穿行的都是打扮得很漂亮的学生，让原本不是很在意这个舞会的人突然意识到这个晚会好像很重要。有情侣手挽着手的，有三三两两扎小堆聊天的，夏默然从外面操场穿过来的时候就一直留意着身边的人，可是不管她怎么寻找好像都没有看见肖韶炎的身影。不对，是她连一个自己熟识的身影都没有看见。

学校很大方，在一旁准备了很多食物和饮料供大家挑选，要是在平时夏默然看见这些早已经喜出望外了，可现在她发现自己连半点精神都提不起来。

“默然，原来你在这里，我就说韶炎那小子怎么没有把你带来，原来你是在这里吹风呀。”

尽管很嘈杂，夏默然还是清楚地听见了身旁传来的声音，她像是抓住了一棵救命稻草般迅速转头看去，欧阳瑞卿正双手插在裤兜里一脸微笑地看着她。

“人太多了，我找不到韶炎。”夏默然有些窘迫。

“走吧，我带你过去。”

夏默然跟在欧阳瑞卿身后穿梭在人群里，她的两只眼睛死命盯着欧阳瑞卿的后背，生怕人太多自己跟丢了。没多久就见欧阳瑞卿停下了自己的脚步，夏默然因为一直专心盯着欧阳瑞卿也没有留意四周的环境，见欧阳

瑞卿停了下来她才缓慢抬起了头来。

这里的人并不是特别多，好几个还是夏默然曾经见过的。夏默然一眼就见到了站在不远处的肖韶炎，今天的他穿着一件白色的燕尾服，剪裁得体，把他的身型塑造得高挑有型。远远看去就像是一个优雅的王子站在那里，夏默然的脚像是在地上生了根一般，忘记了要怎么样走到肖韶炎的身边。

她的出现似乎使周围所有人的动作都停了下来，直直看向她。毕竟大家都是一个圈子里的公子小姐，突然闯进来这么一个陌生的人，还是一个装束简陋的女生。虽然在座的人或多或少知道她是肖韶炎的女朋友，但是毕竟正式照面这还是第一次。

夏默然被众人盯得有些紧张，踟蹰着伫立在原地，不知如何是好。

"韶炎，你怎么把默然一个人丢在外面呢，今天这么多人，她一个人找我们多不容易呀。"

还是欧阳瑞卿打破了沉默，众人也都纷纷回过神来，开始继续着先前未完成的事。聊天的聊天，找人的找人。

夏默然这才小步朝着一边的肖韶炎走了过去。

"你手里拿这么大一个袋子干吗?"肖韶炎望着夏默然缓慢开口，声音不咸不淡地听不出多大的情绪。

"噢。"夏默然低头看了看手中的大袋子，握着袋子提手的手指紧了紧，"我以为你没有换衣服，所以……"她的声音越来越低。

肖韶炎的眉头微蹙，声音压得有些低，听不出喜怒："以后不要再做这样的事情，你先去把衣服找个地方放着，如果找不到就直接扔在垃圾桶里。"

肖韶炎说完就先转身同身后的朋友说话了，夏默然看看手中的袋子，咬着嘴唇，最终还是拿着袋子出去了。她在打开衣柜的时候就看见这套衣服用透明袋子包着挂在里面，看起来还是新的，这衣服应该很贵吧，如果扔了实在是太浪费了。夏默然还是决定先到教室去，放在自己的课桌里，等舞会结束后再拿回去。

夏默然放好返回的时候，走到操场中央碰到了路黎析。

“你怎么会在这里?”

“我出来透透气。”

“噢!”夏默然点头，一时之间不知道该说些什么，她也是这个时候才注意到，今天的路黎析穿着一件黑色的西装，刚好和肖韶炎的穿着形成鲜明的对比，但是也是剪裁得体的衣服，再加上路黎析的健美身材和气质，同样像是一位从童话故事里走出来的王子。

“你今天，很漂亮!”路黎析忍不住开口赞叹。

对于路黎析的赞叹，夏默然还是小小地惊愣了一下。没有想到丑小鸭的她也能得到这样的赞叹，这让原本没有自信的她一下子恢复了不少的活力。

“谢谢。”她露出了今晚的第一个微笑。

“走吧，进去了。”

夏默然跟在路黎析的身后走了进去，还是那一方小天地，夏默然同路黎析一起进去的时候同样引来了不少人的侧目，但是也远远达到没有初次的愕然。正好此时的肖韶炎同颜怜菡站在一起，两人正有说有笑地谈论着什么。

“我去趟洗手间。”夏默然的声音有些小，连她自己也不清楚这句话究竟是要说给谁听的。

“需要我陪你么?”路黎析的声音很温和。

夏默然摇了摇头。

路黎析看着夏默然的背影，微微叹了口气，便朝着肖韶炎的方向走去了，“在说什么呢?好像聊得挺开心。”

“没有，随便聊聊。”颜怜菡的声音一如既往地动听。之后便转身同站在自己身后的另外两个人说起了话。

而肖韶炎也转移了阵地，同欧阳瑞卿聊起了天，路黎析则转身走向餐桌，打算换一杯饮料，顺带吃点东西。

当夏默然走进来的时候刚好看见肖韶炎同几个公子哥儿站在一块儿，

颜怜菡和几个女生也站在一旁，离得不是很远。因为是背对着自己，因此肖韶炎并没有看见夏默然走进来，并正向着他走去。

一群人还在起哄打趣，一个手里拿着鸡尾酒的男生问肖韶炎："唉，韶炎，你该不会真的喜欢上夏默然那个女孩子了吧？我不就是前段时间出国了一下嘛，回来就听欧阳他们说你换女友了。原本还以为是什么漂亮的女生，刚才一看，跟怜菡比起来也差得太远了一点。你的眼光怎么是越来越差了?"

肖韶炎听着朋友揶揄的声音，想也没想地立马开口反驳："怎么可能，谁会喜欢上那个又平凡又聒噪的乡下女孩，我跟她不过玩玩而已啦！"

"我就说嘛，怎么可能……"

那个男生还说了什么夏默然没有听见，她的脑海里只是不断回转着肖韶炎的话："怎么可能，谁会喜欢上那个又平凡又聒噪的乡下女孩，我跟她不过玩玩而已啦！"

"那个又平凡又聒噪的乡下女孩，我跟她不过玩玩而已啦！"

"我跟她不过玩玩而已啦！"

"玩玩……"

夏默然不知道是该庆幸还是嘲笑自己，她想也没想地上前甩了肖韶炎一巴掌，也不管周围人的惊讶，便匆匆地转身跑了出去。

她不管不顾，听不见周遭的声音，也看不见一路上不断有人投来的好奇目光。她什么也看不见听不见，只知道一个劲儿地往前跑，直到跑到脚扭到，直直地跌倒在了一旁的花丛里。

夏默然也不急着起身，她的整个身子像是没有力气一般一动不动地保持着跌倒的姿势坐在地上。望着自己有些划破皮的手，这一刻她突然意识到其实自己根本就没有资格打肖韶炎的，他们从一开始就不是真正的男女朋友。

所以肖韶炎说玩玩也只是在陈述一个事实，只是很清楚地提醒了她要谨记和认知的事实。现在只是回到最初了而已，一切都没有改变，只是她自己不小心弄丢了自己的心。

夏默然突然很想笑，却发现嘴角僵硬得动不了。

她第一次知道什么是爱情，却也知晓了原来爱情这么让人心痛，痛得她忍不住掉眼泪……

Chapter 12

对不起，我爱你

One

肖韶炎在夏默然打了自己一耳光的时候整个人都惊愣了，错愕和惊奇都有，那一刻他整个脑子里有几秒钟短暂的空白。只知道等他回过神来的时候正好看见夏默然跑出去消失在他眼前的身影。

直至那一刻他才惊觉事情的严重性，想也没想就跑了出去，企图要追回夏默然。只是没想到却早已不见了她的踪影，他拨开重重人群，转着脑袋四处寻找，都没有看见夏默然的身影。她像是在一瞬间就消失不见了般，肖韶炎的心里没由来地一阵慌乱。

她去了哪里?

两个人殊不知其实他们在某一刻是隔得那样的近——

夏默然扭到脚跌倒在一旁的花丛里，而彼时的肖韶炎也正距离花丛不远的一个斜角处，他放眼一望，由于今晚是校庆，这里根本就没有什么人。除了寂静还是寂静，肖韶炎在原地伫愣了一小会儿，落寞地转身朝着另一个方向去了。他不知道的是，其实只要他再上前一点点，只要一点点就能错开那一排修剪成半人高的丁香，看见夏默然的身影。

肖韶炎没有再回舞会，整个人靠在距离舞会不远的一幢教学楼的楼面上。心里被懊恼和后悔的思绪占满了。他一个人在原地足足站了半个小时，身旁偶尔有几个人路过，不时朝肖韶炎这边望上两眼。但是都在肖韶炎表情上看见了“生人勿近”四个大字，原本有想要上前询问的人也都望而却步。时间一分一秒的流逝，肖韶炎却恍若未知，他只是一味的沉寂在自己的思绪里。而这段时间里，在肖韶炎的脑海里一直回转着夏默然的悲

伤的表情及言语，心里一阵刺痛。直到一个不轻不重的力量拍在自己的左肩上，肖韶炎下意识地转头，就见路黎析站在了自己的身边。

“你是来看笑话的?”肖韶炎的声音有气无力。

“不是，我只是想说，默然在这里没有什么亲戚朋友，或许她已经回你家了。”

路黎析的话让肖韶炎愣怔半晌，思考了一下认为确实很有道理，便站起身来就要走，刚走两步，又停了下来。“谢谢。”肖韶炎的声音不大，他没有回过头，但是他知道这句话足以让路黎析听见。

肖韶炎拦了计程车，一路上不停地催促着司机，要不是打电话叫自家的司机时间更长，他也没有开车出来，否则真不想坐计程车。明明都跟司机说好了让他开快一点，他付他三倍的车钱，可司机却是始终不为所动。要不是现在拦计程车不太方便，而离自己家又比较远，否则肖韶炎真宁愿自己跑回去。

紧赶慢赶地回了家，肖韶炎匆匆抓住就近的佣人问：“夏默然回来了吗?”

那个佣人只是帮家里打扫卫生的，平时也没有多少的言语，此刻被肖韶炎的神情吓得缩了缩脖子，吞吞吐吐地说：“我……我不知道。”

肖韶炎走进大厅的时候正好碰到井婶，她见肖韶炎黑着一张脸，写着生人勿近的表情，终是忍不住上前询问：“少爷你回来，这是怎么了，遇见不开心的事了吗?”

肖韶炎看看井婶，几乎是惯性地开口：“你看见夏默然了吗，她回来没有?”

“默然呀，回来了。刚回来不久，不过她的脸色有些苍白，我问她怎么了，她说有些不舒服，现在应该是在房间里睡觉吧……”

不待井婶说完，肖韶炎已经快速朝楼梯走去了。

“这两个孩子都是怎么了，怎么都是一脸怪怪的表情。”井婶望着肖韶炎的背影，小声地低喃。

肖韶炎在夏默然的房间门口站了一阵，心里踟蹰着是开门进去还是不

进去。他想要看看她现在的样子，又怕贸然进去打扰了她休息。思考了半天，最终肖韶炎还是没有进去，他站在夏默然的门口，笔挺的身子一直在门口站了很久，久到肖韶炎都以为自己会石化了。

肖韶炎是第二日早晨看见夏默然的，因为校庆的关系，学校放假一天。夏默然穿着围裙在花园里浇花，肖韶炎就站在她的身后。从早上碰面开始，夏默然就没有和肖韶炎说过一句话。

肖韶炎在夏默然身后站了很久，终于还是忍不住开了口："默然，昨天……"

"昨天对不起，是我太冲动了。"夏默然转身打断了肖韶炎即将出口的话。

"不是，昨天我……"

肖韶炎的话还没有说完又被夏默然打断："昨天已经过去了，我也已经忘记了，所以你也不要再提了。"

夏默然的话语里有着疏离，尽管很浅，肖韶炎还是听出来了，他很想要解释，可是夏默然却已经转过了身去，继续做着手中的活。她的一切动作情绪都太过于平静了，平静到连一向比较粗线条的肖韶炎都感觉有些异样。可是她那笔挺单薄的背影，一点也没有要和他再继续交谈的打算。

算了，还是再过两天吧，等夏默然的心情舒缓一些了再好好地跟她谈谈。肖韶炎如是地想。

时间一天一天过着，学校里把那晚上发生的事传得沸沸扬扬。看笑话的、嘲笑的比比皆是。可这些都没能入得了夏默然的眼，她就像是一个没事发生的人似的，照样上课学习，和殷筱筱聊天，给肖韶炎补习。一切就好像回到了初始一样，但是只有熟识夏默然的人才感觉得到，其实并不是一样的。

现在的夏默然依然会笑，可是却从来不谈论那晚的事抑或是任何有关肖韶炎的事情，那就像是一条无形的鸿沟，深深地横在了两人之间。

肖韶炎最近常常在上课的时候望着夏默然发呆，他看着她专注听讲的表情，看着她埋头记笔记，看着她同殷筱筱说说笑笑，看着她……

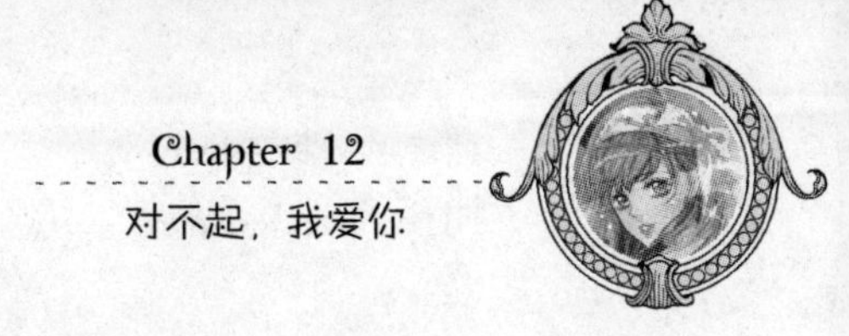

好多次他都想要好好跟她说说，但是她好像总是有办法避开他。搞得肖韶炎近来的心情也跟着烦躁不堪。

就在肖韶炎终于忍受不住决定不管如何要好好地跟夏默然说说话的时候，夏默然却已经先一步出现在了他的面前。

那是一个阳光充裕的午后，肖韶炎正坐在花园里晒太阳，夏默然从屋内走出来，直直地走到了他的身边站定。

"肖韶炎。"夏默然轻轻地唤了声。

明明就是很轻的一个声音，却让肖韶炎的整个身子一愣。

肖韶炎缓慢地转过头，看向夏默然："怎么了?"

"我有事情要跟你说。"

肖韶炎坐直身子看向她，夏默然的表情有些严肃，弄得肖韶炎的心也跟着紧张起来："什么事?"

"嗯……你还记得我们当初的约定吧?"夏默然停顿了两秒还是问了出来。

"约定?"肖韶炎的表情有些疑惑。

像是早就有所预料一般，肖韶炎这样的表情也只是让夏默然的眉头微微蹙了一下，接着她不急不缓地开口："就是三个月前我们做的约定，我做你三个月的挂名女友，你就把我的项链还给我。现在三个月已经到了，你是不是应该兑现你当初的承诺?"

夏默然的声音明明不大，却字字敲在肖韶炎的心间。已经三个月了吗，怎么过得这样快?

"我……再过两天吧，我就还给你。"对上夏默然那双倔强的眼眸，肖韶炎到了嘴边的话硬生生地给改了。

夏默然与肖韶炎四目相对，她不明白为什么还要她再等两天，但是等两天就等两天吧，反正她已经在这里待了一段时间了，也不差这两天时间。

"那，希望两天后你能把项链和箱子还给我。"

说完，夏默然就要转身离开，肖韶炎适时地叫住了她："等一下，你的项链是什么样子?”

“你拿了我的箱子难道就没有打开看过?”夏默然有些遗憾。

“我只是想要确认你说的是不是真的。”

夏默然深呼吸了一口气，努力让自己平静：“一条不规则的桃心形状的项链，样式很简单，银白色，桃心上有两颗很小的蓝色水钻。”

夏默然说完就离开了，肖韶炎望着她逐渐消失的背影没有再说什么。现在对他来说最重要的就是要找到那条项链，他原本以为夏默然是在编谎话骗自己。可是有了之后这几个月的相处和认识，他知道她说她的箱子在他这里就一定在他这里。只是那确实已经是很久以前的事情了，他现在连一点记忆也没有，实在是当初这种小事不屑刻意去注意。现在只能在家里找找了，应该能够找到吧!

Two

只不过肖韶炎在家里足足找了两天都没能找到夏默然说的东西，因为夏默然也在家里，他也不能翻找得太过明显，以免让她起疑。只是眼看着两天的时间就到了，可项链却连踪影都没有，原本想着干脆找珠宝商给定做一条算了，可肖韶炎却也只知道项链的一个大概样子。早知道就让夏默然给画一张图了，不会像现在这样焦头烂额，心情急躁。

两天后夏默然准时地来找肖韶炎，肖韶炎看着一脸严肃的夏默然头皮发毛，可不管如何，事实摆在那里，终究还是要说。

“默然，那个……项链……箱子我不知道放在那里了，所以项链……”

“项链怎么了?”肖韶炎的话令夏默然的心咯噔一下。

“我找不到项链。”

肖韶炎从来没有像现在这样底气不足、担心害怕过。

“你在跟我开玩笑。”

“我也希望我在跟你开玩笑，但是……”

“肖韶炎你怎么可以这样，所以从一开始你就在骗我，你根本就没有我的项链?”夏默然脸上弥漫着怒意。

“不是你想的那样，你听我解释。”肖韶炎有些急切，夏默然愤怒中带着悲切的神情吓到了肖韶炎。他伸手企图要抓住夏默然的肩膀。

“够了，你不要再说，我什么也不想听。肖韶炎，从一开始我不过就是被你利用来刺激颜怜菡的工具，是我自己笨傻傻地往你的谎言里跳。可是你怎么能够拿项链的事情来骗我，你知不知道那条项链对我来说有多重要，你知不知道那是我的亲人留给我唯一的东西，你怎么可以这样？我不想再见到你。”夏默然几乎是对着肖韶炎吼出这些话的，说着说着眼泪便止不住地流了下来。她转身朝着自己的房间跑去，也不管肖韶炎在身后的呼喊，在一进门后便重重摔上了门。

“默然，你听我解释呀，我真的不是故意的，默然……”肖韶炎抬手拍着门，不死心地叫着。

“滚呀，我不想看见你。”

尽管隔着门板，肖韶炎还是能够清楚地听见夏默然的声音，他家的隔音效果一向极好。肖韶炎可以断定夏默然是花了很大的力气在朝着他怒吼。拍着门板的手越来越轻，直至消失。肖韶炎整个身子靠在一旁雪白的墙上，眼睛沉重地闭上，整个人像是在瞬间变成的泥塑木雕。

“少爷……”井婶站在不远处小声地唤了句。

肖韶炎随着声音转头看去，井婶正一脸担忧地看着他。先前的吵闹声她远远地就听见了，才急急地走过来看看，可没想到一看就看见自家少爷一脸痛苦地靠着墙站着。

虽然不知道肖韶炎和夏默然两人之间究竟发生了什么事情，但是井婶毕竟是个过来人，有些事一眼便能看明白，于是缓缓开口："默然现在正在气头上，情绪也不是很稳定，等过了今晚，也让默然静一静，你明天早上再跟她好好谈谈吧。"

肖韶炎轻微地点了点头后便站直身子朝着自己房间走去了。

井婶看着肖韶炎的背影微微地叹了口气，短短的几个月她已经看见了少爷太多的变化，她想说年轻真好，希望他们俩能够快点和好。

肖韶炎一直在床上辗转反侧，直到凌晨四点才睡着，所以当他醒来的时候已经有些晚了，基本已经临近中午了。

肖韶炎穿戴整齐路过夏默然房门前的时候停了下来，他的手抬起又放下，来回了好几次，最终还是没有去敲房门。只因为他突然想到现在都已经快中午了，夏默然她应该早就起来了吧。

肖韶炎几乎是跑着下了楼，可是在屋子里转了一圈仍然没有找到夏默然的身影，难道她还没有起来？

“井婶你看见夏默然了吗？”肖韶炎在花园里找到井婶。

“默然呀，好像没有耶。”

肖韶炎点着头朝前走，心里却在琢磨着难道夏默然真的还在房里睡觉？像是不死心般，肖韶炎又接连问了好几个佣人，都说没有看见夏默然。正在他打算回屋里去看看的时候却听见保安说：“我早上好像看见她出去了。”

保安这么一说，肖韶炎急了，走上前去拉着保安的衣服问：“你说她出去了，什么时候的事情？”

“大概六点多的时候吧。”保安有些不明所以。

肖韶炎放开抓着保安衣服的手，转身朝着屋内走去。六点多，她去了哪里呢？现在已经快中午了，她应该快回来了吧！

肖韶炎坐在客厅里一直等了很久，等到井婶过来说吃饭了。肖韶炎看着一桌子的菜有些食不甘味，他的目光时不时地看向门口，可是那里始终没有那个他所念想的身影出现。肖韶炎放下碗筷说没什么胃口，站在一旁的井婶看着微微地叹了口气，说：“少爷，今天放假，或许默然是出去玩了呢，等晚上可能就回来了。”

肖韶炎点头，现在他能做的也只有等了。一整个下午他都坐在花园里，能够清楚地看见大门的方向，足足等了一个下午，直至暮色四合，夏默然的身影依旧没有出现。

此刻的肖韶炎是真的慌了，在家也坐不住了，想着要出去找她，却被祥叔和井婶给拦住了。祥叔说：“少爷，现在这么晚了，你要去哪里找人呢，还是等明天白天再出去吧，或许今晚默然住在朋友家里呢。”

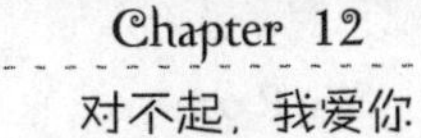

肖韶炎觉得祥叔说得有理，或许她住在学校吧，和殷筱筱住在一起。肖韶炎本来想要打个电话过去确认一下的，却发现自己根本就没有殷筱筱的电话号码，现在看来他只有明天上课去学校看看了。

好不容易熬到了第二天，肖韶炎早早地就起了床，司机开车送他去了学校。他还是第一次来得这样早，教室里还没有几个人。肖韶炎无聊地掏出手机玩着游戏，他现在才突然惊觉夏默然没有电话，等找到她一定要拉她去买一个电话。免得再出现现在的情况，让他坐立难安。

时间一分一秒地过去，教室里七七八八的人也来得差不多了，肖韶炎也如愿地看见了殷筱筱的身影。只是他一直朝她的身后看了很久，不，应该说是目光一直在教室门口处停了很久就是没能看见夏默然的身影。

肖韶炎终于按捺不住，走到了殷筱筱的面前问："夏默然跟你在一起吗?"

殷筱筱被肖韶炎这突如其来的问题弄得一愣，嘴巴微张，一副不明所以的表情。

"夏默然昨天跟你联系了吗?"

肖韶炎的脸色有些沉，原来还处在游离状态的殷筱筱忙摇头回答："没有。"之后见肖韶炎除了脸色又沉了几分之外，倒也看不出别的变化，但是殷筱筱还是鼓起勇气问了句："怎么了吗?"

肖韶炎没有回答殷筱筱的问题，接着又问："你有夏默然的联系方式吗，或者你知道平时她都喜欢去哪里?"

"这个默然平时都没有说，所以我也不太清楚。"

听着殷筱筱的话，肖韶炎整个身子像是泄了气的皮球一般，他缓缓地背过身去。

望着肖韶炎有些落寞的背影，殷筱筱好几次张了张口想再问问究竟是出什么事了，但是最终还是没有鼓起勇气。

肖韶炎第一次发现除了学校和自己家里，他竟然不知道夏默然会去什么地方，他这才发现原来对她，他是那样的不了解。或许，路黎析会知道吧。当这个信息传达到自己脑海里的时候，肖韶炎竟然发现此刻自己的心是平静下的波澜壮阔，但是他还是有些小小地庆幸，或许至少还有一个人知道夏默然的下落，只要这次让他找到她，他一定会让自己成为那个最了解她的人。

Three

当肖韶炎找到路黎析的时候，路黎析正在篮球场同几个男生打球。肖韶炎来找路黎析让众人皆是一惊，肖韶炎也懒得解释，直接走到路黎析的身边说："我有话想要问你。"

路黎析看看肖韶炎又看看一起打球的几个同伴，最终还是跟球友招呼了几句便拿起一旁的毛巾和水同肖韶炎并肩向外走。两人一直走了一段距离才在林荫路上停了下来，路黎析随意地倚靠在身旁的一棵老树上问："怎么了?"

"你知道夏默然在什么地方吗？她跟你联系过吗?"

肖韶炎的话令路黎析一愣，直直地看向他。沉默了一会儿才开口："她没有联系我，我也不知道她现在在哪里。"

"那你想想，她可能会在哪里?"

"你是不是和默然吵架了，韶炎你那天确实说得过分了一点。"

"我知道那天是我不对，我向她道歉了，可是……我也不知道她为什么会突然不见了，我……"

肖韶炎张着嘴，好多话想说却又不知道从何说起。

"韶炎你有没有想过，你对默然的感情究竟是什么?"

肖韶炎没有想到路黎析会突然问自己这个问题，这个问题他从来没有好好想过，他只知道和夏默然在一起让他整个人都很放松，虽然她有时候真的很令人讨厌和抓狂，但是她不在的时候他会想念，她伤心的时候他会心疼。

她总是能给他温暖，以前他不太喜欢他家的那个大房子，因为里面空荡荡的好像只有他一个人，虽然佣人很多，但是他还是觉得孤单。可是自从她来了以后，他突然开始慢慢地有些喜欢那里了，会想要常常回家。

一旁的路黎析看着肖韶炎一会儿傻笑一会儿皱眉的表情，已经基本确定了自己想要的答案，只不过看样子，面前的这个男生似乎到现在还没有

搞清楚自己的情绪究竟是属于哪一种。算了，看在从小一起长大的分上，他就好心提醒他一次好了。

“韶炎，你是喜欢上她了。”

路黎析的声音不重，却像是一颗石子重重地投进了他的心湖里。对于路黎析的这一说法，肖韶炎竟然一点也不排斥。

他喜欢上她了！

小小地沉思了一会儿，肖韶炎便接受了这一条信息，当知道自己是喜欢她的时候，他的心里没来由地竟然感到一丝温暖，而且还比自己曾经以为的喜欢颜怜菡多很多，完全是两种不一样的感觉。如果他对夏默然是爱了，那么他对颜怜菡其实根本就没有自己想象中的那般情结，大概只是一种习惯和从小到大心里的一种眷恋吧。

追根究底来说，对颜怜菡的喜欢其实只是停留在小时候在宴会上看见的那个如同洋娃娃般可爱的女孩子。他把小时候的那种情结一直留着，就像是喜欢一件心爱的玩具，但是那和男女之间的喜欢终究不是一回事。

想通了这一点，肖韶炎竟前所未有地感到舒心，同时也坚定了他一定要找回夏默然的决心。

“那你知道夏默然可能会在什么地方吗?”肖韶炎看着路黎析，他第一次发现路黎析竟是这么顺眼。

“我也不确定，但是我们或许可以去一个地方看看。”

肖韶炎跟在路黎析的身后，两人一起来到了那条小吃街，这还是肖韶炎第一次来这里，第一次看到路上打打闹闹的学生和街边摆放的地摊和小店。

在这里会找到夏默然吗?

“这是默然以前生活的世界，但是毕竟她的过去我们了解得太少，所以能不能找到她我也不太确定。”

肖韶炎的目光来回地在人群里穿梭寻找，在每一次燃起希望后得到的都是失望，可是他却没有一刻要退后的打算。反而让他更坚定了要好好了解夏默然的世界和她的过去的念头。

最终肖韶炎和路黎析还是没有找到夏默然，在两人即将分手的时候，路

黎析突然叫住了他，“其实，颜怜菡并不是你表面上看见的那般单纯怜爱。”

肖韶炎一愣，他没有想到路黎析会说这个。站在原地沉思了几秒后又抬起了头来：“不管真伪怎么样，她现在已经跟我没有任何的牵扯和关系了，我清楚地知道谁才是那个我想要紧抓不放的人。”

路黎析点了点头，刚准备转身的时候又听见肖韶炎的声音：“我突然想到默然说过的一句话，我们或许可以做兄弟知己。”

“我一直以为我们本身就是那样的关系。”不待肖韶炎回答，路黎析已经迈着步子走开了。

肖韶炎望着他的背影，唇角忍不住地轻扬。

肖韶炎颓然地回到家里，他能想到的夏默然可能在的地方都已经找过了，可是仍旧没有半点踪影。肖韶炎拖着疲惫的身子走进了自己的私人空间，那个自己专门的游戏室。他已经有很长一段时间没有进去了。现在的他急需静一静，肖韶炎一边走一边还在想，要是真的找不到就直接找私家侦探吧，或者还能够尽快查到她的下落。

倒在那间屋子的地上，肖韶炎闭着眼睛回想着和夏默然在一起的点点滴滴，以前并不觉得多好的事情，现在想起来却格外地令人怀念和珍惜。

肖韶炎一边回想往事，手里一边无聊的甩着钥匙扣，手指甩动的幅度有些大，只见一不小心，钥匙扣从指尖飞过，远远地朝着一边飞了过去。肖韶炎又躺了有一分钟，还是觉得该站起来去把钥匙扣捡过来。他在墙壁上摸索着开了灯，确实一时间不知道要从哪里找起。所幸这间屋子也不算太大，找起来应该也不会太麻烦，就是东西多了一点。

肖韶炎捡起钥匙扣，又一点一点仔细寻找项链，可半天没找到。他有些颓然地坐在一边，脑子里用力地回想着，可就是一点也回想不起来当初拿错箱子的情节。他是真的没有注意过这事。

井婶过来敲门，叫他出去吃饭。

肖韶炎坐在屋子里本不想应声，但是井婶却像是跟他较劲般一直敲着门。肖韶炎无奈，只得起身去开门。门一打开，就听井婶说：“少爷，你

还是吃点东西吧。”

要是平常肖韶炎铁定直接关门说不吃别来烦我，可是看见井婶后，到了嘴边的话又说不出来，估计是在无形中被夏默然潜移默化了。

晚饭后。

肖韶炎坐在屋外的游泳池边发呆，想着夏默然现在会在哪里，越想越是揪心。暗想，明日一定要找私家侦探查一下，这样下去总也不是办法。如果真的找不到项链了，他一定好好地跟夏默然认错。反正不管如何，他是绝对不会放开她的手的。

一直在屋外坐了一个多小时，肖韶炎才缓慢地起身往屋里走。一进屋就见一个佣人拿着拖把在拖地，肖韶炎皱眉，问：“大晚上的，你拖地干吗?”自己家里可没有晚上打扫卫生这一条。

那人站直身子，礼貌地说：“回少爷，是我刚才不小心把汤洒在了地上，现在把它弄干净。”说完又继续埋头干活。

肖韶炎点了点头，正要走，就看见那女子的衣领间露出一条项链来，由于手上的动作，吊坠一直轻轻地晃动着。肖韶炎在原地站了几秒，看着那条项链眼睛突然之间睁大了不少。他的脑子里隐约闪现着夏默然说的话：不规则的桃心形状的项链，样式很简单，银白色，桃心上有两颗很小的蓝色水钻。

全中！

肖韶炎整个人激动得想要大声尖叫。他快速上前，抓着那人的肩膀问：“你脖子上的项链是哪里来的?”

那人愣了一下，想说是自己的，但是在看见肖韶炎激动且带着质问的目光后，还是乖乖地张了口，“这是我，我打扫的时候捡的。”

“是不是在一个箱子里捡的?”

“你怎么知道?”

“因为那是我的东西，你还拿了什么?”

“少爷，我……我不知道，我就看着好看也不值钱。所以……”

“所以你就拿了?把项链还给我，你以后不用来了。”

"少爷，我……"女子还想说点什么，但是在对上肖韶炎燃着怒火的眸子时，终是没有再开口。她默默地把项链取下来交到肖韶炎的手里，然后转身回去收拾着自己的东西。

等那人回来的时候，肖韶炎还坐在客厅的沙发上打量着项链。女子踟蹰了半天还是走了过来，递了一个本子给肖韶炎"这个本来也是我在那里'捡'到的，我真的是在一个箱子边捡到的。少爷请你再给我一次机会，我以后会好好干的。"

肖韶炎接过笔记本，见那人眼里写着悔意。摆了摆手，说："你去找管家，如果他觉得你能继续留下来那就继续留下来吧。"

"谢谢少爷。"

那人走后，肖韶炎才转眼看着手中的笔记本。笔记本有密码，应该还没有被人打开过。肖韶炎打量了半晌，输入了夏默然的生日，果然笔记本打开了，刚打开把笔记本拿起，就从里面掉出了一张已经有些泛黄的旧照片。肖韶炎捡起来一看，那是一张全家福，上面的那个小女孩不难看出有几分夏默然现在的影子。

肖韶炎上下打量着这张照片，虽然已经泛黄，但是不难看出主人对它的珍藏。肖韶炎翻过照片，他没有想到的是那背面上竟然写着一个地址。那个地方肖韶炎曾经去过，那是一个古朴的小镇，肖韶炎突然想到上一次他就是从那里回来和夏默然拿错行李箱的。

这个认知让肖韶炎的脸上的笑容不断地扩大，是不是上天从他们第一次见面就安排了他们之间的缘分?

肖韶炎决定去找夏默然，他要告诉她，他没有黄牛，她的项链他是真的找到了，他还要告诉她，是她教会了他什么是爱情，又怎么能在他刚刚体会到的时候离开呢?

他决不允许!

肖韶炎按照照片上的地址到了那个小镇，问了好几户人家才打听到夏默然的去处。有好心的人给他指了路，肖韶炎在一间旧屋子前停了下来，听说这里曾经是夏默然的家，只不过后来她奶奶把房子给卖了。

尾 声

那她会在里面吗?

肖韶炎站在门口发呆，这时从里面走出来一个中年妇女，她在看见肖韶炎的时候不禁多看了两眼，问：“你找谁?”

“请问夏默然住这里吗?”

中年妇女一愣，随即又笑了出来：“你找默然呀，她住这里，不过现在不在。”

“那你知道她在哪里吗?”

“今天是她奶奶的忌日，她应该是在她奶奶的坟前扫墓吧。”

“能请你告诉我，她奶奶的墓地在哪儿吗?”

“我带你去吧。”

肖韶炎跟在中年妇女的身后，左拐右拐地走出了村子，在一片绿油油的林间小路上停了下来，中年妇女抬起一只手指着前方：“前面那一笼竹子看见了吧，她奶奶的墓就在那竹子旁边。”

向中年妇女道了谢，肖韶炎便朝着那儿走去了。

果然才刚一走近，他就看见夏默然垂着头站在那里，像是在跟她奶奶说着什么。

脚下踩着干草发出的吱吱声引得夏默然回过头去，当她的目光触及肖韶炎的目光时，明显地愣怔了。眼里闪过惊讶和不可置信，好半晌她才开口：“你……你怎么会在这里?”

“我是来还你东西的。”肖韶炎也不管她的惊愕，一直扬着笑脸朝着她走去。

“啊?”夏默然一脸的不明所以。

“这个……”肖韶炎从口袋里掏出项链握在手里。

夏默然望着在空中摇曳着身姿的项链，惊讶得有些语无伦次：“这个，这是……”

“想不想要?”

“那本来就是我的。”夏默然想要伸手去抓，却被肖韶炎轻巧地躲过。

“可是它现在在我的手里。”

“那你想要怎么样?”

“我决定重新和你谈一笔交易。”

“什么?”

“留在我身边一辈子！”

肖韶炎自始至终都是一脸的笑意，他甚至越靠越近，但是他靠近的动作远没有他所说的话来得让夏默然震惊。

“为……为什么?”夏默然几乎是结巴着问出了这个问题。

“因为……”肖韶炎话还没有说完，人已经直接伸手拉过夏默然的手臂，把她拉进了自己的怀里，“我喜欢你。”

肖韶炎这突如其来的告白让夏默然的整个身子一僵，眼里闪烁着泪光，不知道是因为肖韶炎的话而高兴，还是因为找到了项链而激动。

“我喜欢你，所以不要再离开了。”

夏默然的唇角不自觉地扬起一抹轻笑，原来被自己喜欢的人喜欢是一件这么让人觉得幸福的事情。可是她还是决定先不要告诉肖韶炎其实自己也是喜欢他的，谁叫他当初那么欺负她令她伤心呢。

原来，小时候奶奶常搂着她说那条项链上有魔法，它一定会指引她找到自己的王子的话都是真的。

(完)